Inhalt

Wert der Ehre

Keß waren sie beide, doch sie immer noch kesser als er. Es geschah oft, daß er ihren allzu radikalen Zynismus tadelte. «Meine Liebste», mahnte er mit zärtlicher Strenge, «die Ideale, über die du dich lustig machst, haben mehr inneren Wert, als du annimmst; übrigens auch mehr äußeren», fügte er hinzu. Worauf sie enerviert und verächtlich die Achseln zuckte.

«Ehrgefühl ist bürgerlicher Quatsch», sagte sie anschließend. Darüber gerieten sie in ihrem Pariser Hotelzimmer ernsthaft in Streit.

Beide hatten fast immer Geld, beinahe zufälligerweise, woher es kam, wußte niemand genau. Er wie sie behaupteten stets, irgendwo komplizierte Geschäfte schwelen zu haben. In Frankfurt oder in Argentinien.

So war es nicht nötig, daß sie hochstapelten und die Hoteliers um das Ihrige brachten. Aber Jenny erklärte, mit Überzeugung: «Ich bin ehrlich, nur weil sich mir niemals ein reizvoller Anlaß zum Betrügen geboten hat. Prinzipiell bin ich täglich bereit, gegen jedes Gesetz zu verstoßen. Für meine bürgerliche Ehre gibt mir kein Mensch einen Heller.»

Ralf, der sich besser auskannte, lächelte verschmitzt.

Der junge Gentleman, der das anspruchsvolle Juwelengeschäft der Champs-Élysées vormittags um halb elf Uhr siegesgewiß betrat, machte, mit kariertem Anzug, Monokel, weißen Gamaschen, den Eindruck dessen, der zu reisen gewohnt ist, Geld reichlich hat und es noch reichlicher ausgibt, eine Wohnung in London und Paris besitzt, Freundinnen aber auch in anderen Städten.

Die Kleinodien, die man ihm vorlegte, prüfte er mit der Miene des gewiegten Kenners; er entschied sich für ein Perlenkollier, das eine halbe Million Francs kostete. Er unterschrieb einen Scheck, bat nachlässig darum, den Schmuck sofort ins Claridge hinüberzuschicken.

Derselbe junge Mann betrat um halb zwölf Uhr den benachbarten Laden, diesmal war seine Haltung nervöser. Er bat hastig, den Besitzer sprechen zu dürfen, und erklärte dem Herrn, der höflich, wenn auch etwas mißtrauisch lauschte, kurz und bündig, daß er Geld brauche. «Ich bin in Not», sagte er einfach. «Dieser Schmuck gehörte meiner seligen Frau.» Er wischte sich die Augen, man bemerkte, daß sie trocken waren. Es schien klar, daß er log.

Das war verdächtig, um so verdächtiger, als die Perlen keineswegs seiner seligen Frau gehört hatten, vielmehr noch diesen Morgen dem Geschäft nebenan, was der mißtrauische Besitzer, der die Auslagen der Konkurrenz kannte, auf den ersten Blick feststellte. Hier stimmte nicht alles. Es wurde noch klarer, als der junge Mann, nach dem Preis gefragt, den er forderte, fünfzigtausend Francs wollte. Nebenan, das wußte der Geschäftsmann, hatte das Stück noch diesen Morgen das Zehnfache gekostet. Die Echtheit der Perlen unterlag keinem Zweifel. Der junge Gentleman schien ein Betrüger; freilich hätte er, der Geschäftsmann, davon den Vorteil gehabt, es war die Konkurrenz, die hereingelegt wurde.

Der Händler kämpfte einen kurzen, aber heftigen Kampf. Sollte er einen Betrüger entlarven, der ihm selbst zu verdienen gab, die Konkurrenz aber schädigte? Schließlich siegte das Solidaritätsgefühl mit dem andern Kapitalisten, gegenüber einem Abenteurer, der der Gesellschaft gefährlich war; zudem konnte es vorteilhaft sein, sich den Nachbar durch Edelmut zu verpflichten.

Er schickte ein Fräulein hinüber, das sich erkundigen sollte, wie die Sache mit dem Perlenkauf stand. Den karierten jungen Mann, der sich bleich auf die Lippen biß, bat er, nicht ohne Strenge, zu warten.

Die Antwort von nebenan fiel nicht anders aus, als zu vermuten gewesen war: die Perlen waren mit einem Scheck bezahlt worden. Wenn einer als Bezahlung für ein Kollier um halb elf Uhr einen Scheck über eine halbe Million Francs unterschrieb und ebendasselbe Schmuckstück eine Stunde später für fünfzigtausend Francs verkaufen wollte, lag der Sachverhalt klar: der Scheck mußte ungedeckt sein.

Der Geschäftsmann, der um ein Haar betrogen worden war, eilte herbei, um dem anderen, der ihn gebeten hatte, gerührt die Hand zu schütteln; so kameradschaftlich waren die beiden Herren noch nie miteinander gewesen. Den Karierten, der verzweifelt zur Erde starrte, streiften sie mit einem eisigen Seitenblick.

Er wurde gebeten, noch ein wenig Geduld zu haben. Indessen sandte man einen Angestellten zur Bank, auf deren Namen der Scheck lautete.

Er kam zu spät, es war Samstag und zwölf Uhr zehn. So mußte man das Einholen der

Erkundigungen verschieben. Die befreundeten Juweliere besprachen sich erregt, doch konzentriert. Es war alles klar, der Verdacht zu dringend: man hatte die moralische Verpflichtung, den Hochstapler vorläufig in Gewahrsam zu nehmen. – Übrigens schien der Jüngling sich selber als überführt, seine Lage als hoffnungslos anzusehen: er widersprach nicht, knirschte nicht mit den Zähnen, als die Polizeibeamten ihn aufforderten, sie zu begleiten.

Die Zeit von Samstag vormittags bis Montag früh verbrachte Ralf im Gefängnis; seine Freundin vermutete ihn auf einer Geschäftsreise in London.

Montag früh stellte sich heraus: der Scheck war gedeckt, das Bankguthaben des Herrn Ralf betrug sechshundertfünfzigtausend Francs.

Nach französischem Gesetz bekam der unter falschem Verdacht ins Gefängnis Gesetzte vom Staate einen moralischen Schadensersatz von hunderttausend Francs bei der Haftentlassung ausbezahlt. «Freilich kann dieses Geld die Schmach nicht gutmachen, die wir Ihnen unter falschen Voraussetzungen zugefügt haben», sagte der Beamte gefühlvoll. «Ehre ist unbezahlbar.» – Auch die Juweliere entschuldigten sich.

«So viel ist Ehre wert», sagte Ralf als Abschluß seiner hochdramatischen Geschichte zu Jenny, die erschüttert nickte. «Mit Schurkerei so schnell Geld zu verdienen ist nicht leicht. Ehre ist der höchstbezahlte Artikel.»

Übrigens schenkte er ihr die Perlen.

April, nutzlos vertan

Max Perzel, ein junger Mann aus dem Mittelstande, war bis jetzt immer sehr achtlos mit seiner Zeit umgegangen. Neunzehn war er alt geworden, ohne daß sich in seinem Leben etwas Ungewöhnliches zugetragen hätte. Er hatte das Gymnasium in der mitteldeutschen Kleinstadt absolviert, in der sein Vater pensionierter Beamter war, weder in der Schule noch im Familienkreise war er je im guten oder schlechten Sinne aufgefallen. In der Klasse gehörte er stets zur schlechteren Hälfte der Schüler, vermied es aber durch einen dauerhaften und ehrhaften Fleiß, jemals zu den wirklich Gefährdeten, den eigentlichen Sorgenkindern hinabzusinken. So wurde er, von Schuljahr zu Schuljahr, mit einem eben noch knapp mittelguten Zeugnis versetzt. Bei den Spielen, in der Pause oder nachmittags auf der Wiese, war er niemals, keine halbe Stunde lang, unter den Tonangebenden, Regierenden; von zu gewagten, tollkühnen Unternehmungen hielt er sich völlig zurück. Da er bei anderen, harmloseren Gelegenheiten von einer maßvollen und soliden Forschheit sein konnte, blieb es ihm trotzdem erspart, in den Ruf des Feiglings, Duckmäusers oder Musterknäbleins zu kommen. – Brüder hatte er nicht, nur eine Schwester, die aber schon ins Büro ging. Sie war für ihn eine fremde, etwas schnippische junge Dame. – Als Max achtzehn Jahre alt war und nicht mehr so viele Pickel im Gesicht hatte, meinten einige wohlwollende Leute, daß er eigentlich ein ganz hübscher Junge wäre. Er war ziemlich groß; leider mußte er eine Brille tragen, wegen leichter Kurzsichtigkeit. Sein Haar – dunkelblond – wäre angenehm von Farbe und Qualität gewesen, wenn er es nicht zu stark pomadisiert hätte. Auch das Abitur ging vorüber, und seine Eltern waren zufrieden, als er es mit der Durchschnittsnote Drei bestanden hatte. Es war beschlossen, daß er die Rechte studieren sollte, und zwar zunächst ein Semester in Heidelberg. Er packte seinen Koffer, bekam von seinem Vater das Eisenbahnbillett dritter Klasse, von der Mutter ein Körbchen mit Wurstbroten, einem halben Sandkuchen, zwei harten Eiern, drei Äpfeln und drei Orangen ausgehändigt, und er fuhr los. In Heidelberg suchte er die alte Pension auf, deren Adresse sein Vater ihm gegeben hatte. Von seinem Fenster hatte er einen schönen Blick über den Neckar. Das Semester hatte noch nicht begonnen. Der Tag gehörte ganz ihm.

Es gab einige Formalitäten auf der Universität zu erledigen. Es war selbstverständlich, daß er die freie Zeit, die ihm blieb, zur vernünftigen Arbeit verwendete. Er legte sich Bücher und Zeitschriften auf dem Schreibtisch zurecht. Als er aber das Fenster öffnete, um sein Zimmer zu lüften, bemerkte er, daß über den Bäumen und Gebüschen ein sehr zartes Grün lag, wie er es noch nie gesehen zu haben glaubte. Er dachte, daß es Knospen seien, die so schimmerten. Das Wort «Knospen» bestürzte ihn, als dächte er es zum erstenmal. Er sah zum Himmel hinauf und war noch einmal bestürzt – über seine empfindliche und reine Bläue, in der, reizend geformt, leichte weiße Wolken wie Vögel schwammen. Ich könnte spazierengehen – dachte Max Perzel. Der Student darf sich ein wenig Freiheit gönnen, dachte er konventionell.

Als er das Haus verließ, ging eben eine alte Dame vorüber, die von einem jungen Mädchen geführt wurde; Max konnte den beiden einen vollen Augenblick in die so verschiedenen Gesichter sehen. Die Alte hing schwer am Arme des jungen Mädchens; sie hatte einen merkwürdig stampfenden, grimmigen, ja wütenden Gang. Auch der Ausdruck ihres Gesichtes war zornig –: ein großes weißes Gesicht, konstatierte Max Perzel, steinern verhärtet, von unzähligen Fältchen durchzogen. Die weit aufgerissenen, stahlblauen Augen wirkten kahl ohne Brauen und Wimpern – kahle Eisaugen unter einer hohen, eigensinnigen, gottverlassenen Stirn. Die alte Frau war groß und breitschultrig, von einer angsterweckenden Rüstigkeit. Sie trug ein schwarzes Pelzkleid – es war kein Mantel, sondern ein Kleid, knapp gearbeitet; es muß aus Seehundfell sein, dachte Max Perzel. Das Antlitz der Alten war so bedeutend und derart erschreckend, daß es den Blick von dem süßen Gesicht des jungen Mädchens auf eine herrische Art ablenkte. Nur eine halbe Sekunde lang durften die Augen des jungen Menschen dieses Gesicht berühren, das sich ihm wie flehend entgegenhielt. Das empfindliche Halbprofil, das ihn, über die majestätische Schulter der Alten hinweg, mit seinem angstvollen Lächeln beschenkte, schien ihm zartgetönt, mit mattgelben Lichtern, wie altes Elfenbein. Die dunklen Augen hatten malaiischen Schnitt. Der weiche, dunkle und schöne Mund schien auf eine pathetische Art zu schmollen. – Die Alte riß an dem Mädchen, auf das sie sich stützte. Während sie weiterstampfte, hörte Max Perzel sie deutlich sagen: «Marsch – los, April!» Er überlegte eine Sekunde lang, ob das schöne Mädchen April heißen möge; ob er die Alte mißverstanden habe oder ob diese einfach geisteskrank sei. Gleichzeitig dachte er: Und dabei ist der April fast zu Ende. – – Als er wieder zu den beiden hinschauen wollte, waren sie um eine Ecke verschwunden. Er eilte ihnen nach, entdeckte aber keine Spur mehr von ihnen. – Man schrieb den 30. April. Es war mittags zwölf Uhr.

Student Perzel blieb mitten auf der Straße stehen, wie einer, dem etwas Ungeheuerliches zugestoßen. In welche Tragödie hatte er hier einen so flüchtigen und bewegenden Einblick bekommen? Was geschah diesem Mädchen, dieser Holdheit, diesem exotischen Kinde? – Welche Welt von finsteren und romantischen Zusammenhängen! Wie konnte man eingreifen, wie helfen? Wie das Mädchen wenigstens wiedersehen? – Eine wahrhaft panische Angst, nur ja nichts zu versäumen, bemächtigte sich des trägen jungen Mannes. Er fühlte sich physisch verändert, eine Unruhe ergriff ihn, die sein Körper niemals gekannt hatte. Was hatte er bis jetzt mit seiner Zeit getan? Wie schlapp, wie tatenlos hatte er sie dahingehen lassen. Mit einem Schlag war die Zeit kostbar, geheiligt –: das war die große Veränderung. Ohne Frage war die Welt immer und überall voll von so erregenden, unerklärbaren und wilden Abenteuern – er hatte nur bis jetzt die Augen nicht offen gehabt hinter seinen dummen Brillengläsern. Aber dieser April war noch nicht vorüber. Nutze die Stunde! Wirf dich in die Minute! Halte zäh und zärtlich die Sekunde fest!

Er eilte dahin, niemals war eine solche Ungeduld in seinem Gang gewesen. Zum Fluß hinunter – und noch niemals hatte er Wasser mit Bewußtsein zwischen seinen Fingern hindurchrinnen lassen –; über Wiesen; wieder zurück in die Stadt. Nirgends das Mädchen, aber überall eine veränderte Welt. Andere Farben, Gerüche, Gesichter; alles gesteigert, anspruchsvoll, heftig geworden, und zwischen allen Geräuschen –: die Stimme des Mädchens, die er so deutlich zu hören glaubte. Sie verlangte nach ihm, von ihrer schrecklichen Herrin gepeinigt; man gab ihr Gift zu trinken, man schlug sie. – – Wie anders war dieser Tag als alle vorhergegangenen, endlos viel länger und dabei abgekürzt auf eine stürmische Weise. Die Frucht, die er anfaßte, als er schließlich Hunger bekam, schien ihm elektrisch geladen. Zwischen ihm und dem Kellner im Restaurant ereignete sich ein bedeutungsvolles und stummes Gespräch der Blicke, als hätten sie etwas Entscheidendes untereinander auszutragen. – Während er eilte oder ermüdet saß, arbeitete es in seinem Kopf ununterbrochen. Wie habe ich die ganze Zeit bis jetzt gelebt? Neun unverzeihliche Jahre habe ich den Stumpfsinn des Gymnasiums mitgemacht. Und nun – Jura studieren, wo die Welt doch voll ganz anderer Mysterien ist. Ich werde nicht Rechtsanwalt, im Gegenteil, ich mache Gedichte. Ich werde Schauspieler, gleich hier, und jetzt springe ich auf die Gartenbank und rezitiere etwas Beispielloses. Ich lerne Geigenspielen und wunderbar Flöteblasen. Ich gehe auf Wanderschaft. Das Mädchen finde ich doch, und trotz allem. Ich erwürge die Alte – mit diesen meinen Händen erwürge ich sie –, ich werde hingerichtet, aber erst gründe ich eine geheime Gesellschaft; ich sprenge die Universität in die Luft – o Gott, mein Gott, was habe ich nur bis jetzt mit meiner Zeit getan! Läßt es sich nachholen, so viel Versäumtes? Sei noch nicht vorüber, April, verweile noch, verweile noch, nie wieder werde ich deiner teilhaftig sein. Vergängliche Minute, mach eine Ausnahme, verzögere dich, es ist ja schon abends, Viertel nach elf, der gesegnete Monat ist gleich vorüber, und wenn kein Wunder geschieht, habe ich ihn nutzlos vertan.

Es ist gut, daß keiner seiner Kameraden ihn sieht, denn er hat seine Brille verloren, sich beim Laufen in den Gebüschen ein klaffendes Dreieck ins Hemd gerissen; seine Krawatte hat sich auch gelöst. Man müßte ihn für sehr heruntergekommen halten. Wir aber folgen gerührt seinem taumeligen Gang am Rande des Flusses, in dessen treibender Dunkelheit, zu seinem fassungslosen Glück, Lichter schwimmen. Noch sehen wir ihn zusammenschauern, da die Uhr Mitternacht schlägt. Und dann überlassen wir dies Herz, das so gleichmütig geschlagen hatte, seiner stürmischen Wonne über die gegenwärtige, seiner Verzweiflung über die entrinnende Minute.

Speed

Es ist alles aus.

Ich bin vernichtet. Es gibt kein Entkommen, keine Hoffnung mehr. Ich bin erledigt.

Früher führte ich ein ordentliches Leben. Aber das ist lange her ... Ich war ein geachteter Mann – österreichischer Staatsbürger. Warum habe ich mein Land verlassen? Warum bin ich über das Meer gefahren? Wie bin ich in diese schmutzige Affäre hineingeraten? ... Wie ein Dieb verstecke ich mich in diesem Loch! ... Stiere in die Dunkelheit, starr vor Furcht; höre überall diese gräßlichen kleinen Geräusche – dieses ständige Rascheln und Knistern ... Es müssen Ratten sein – Tausende, die das Haus untergraben ... Alles bebt und zittert ...

Mr. Prokoff sagt, es sei alles halb so schlimm. Sie wollen mich nur erschrecken – meint Mr. Prokoff. Wahrscheinlich hat man die Vorladung gefälscht. Wenn es ein ordentlicher Haftbefehl wäre, hätte die Polizei wohl kaum diese Kerle geschickt, um mich zu holen. Es könnte eine private Vorladung sein, sicherlich … Aber Mr. Prokoff sagt, eine solche private Vorladung *erhielten* sie nur, wenn ich ihnen Geld schuldete oder sie mißhandelt hätte. Wie könnte ich Speed mißhandeln! Was für ein lächerlicher Gedanke!

Immerhin, sie kamen mit dem Dokument – oder sie schwenkten auf jeden Fall ein Stück Papier, das, so Mr. Prokoff, sehr wie eine Vorladung aussah. Deshalb riet er mir, mein Zimmer so lange nicht zu betreten, wie sie draußen auf der Lauer lägen. Es war sehr nett von Mr. Prokoff, mir diese unbenutzte Kammer als Versteck anzubieten. Es ist eigentlich eher eine Art Wandschrank – ein armseliger Kasten, dunkel und eng wie eine Gefängniszelle …

Das Sonderbare an diesen privaten Vorladungen ist, daß sie erst gesetzlich wirksam werden, wenn es der Person, die deiner habhaft werden will, gelingt, dir das Papier *persönlich* zu übergeben. Wenn es ihnen also jemals gelingt, mich am Ärmel oder am Nakken zu berühren und zu rufen *Hier ist eine Vorladung für Sie, Mr. Kroll!* – dann haben sie mich richtig erwischt, und ich muß ihnen folgen. Es ist wie eins dieser grausamen Spiele, die wir oft als Kinder spielten – mit jenen quälenden Minuten in einem düsteren

Versteck – bis dich der Schwarze Mann gefunden hatte und deine Schultern berührte und mit dir tun konnte, was er wollte …

Mr. Prokoff sorgt sich sehr um mich. Er ist der Ansicht, daß ich mich wie eine Narr benommen hätte – was nur zu wahr ist –, doch er ist sehr besorgt. Er schaut mich mit diesem «Ich-habe-es-Ihnen-gleich-gesagt»-Blick an und schüttelt sorgenvoll seinen Kopf. «Es wird schon alles gut werden», sagt er in einem so tragischen Tonfall, als wolle er mein Ende ankündigen. «Sie können auf mich zählen, was auch passiert. Ich vertraue Ihnen. Für mich sind Sie immer noch ein Gentleman.» Wie salbungsvoll er dieses Wort ausspricht! «Gentleman» – er genießt jede Silbe wie ein Stück Konfekt, das auf der Zunge zergeht.

Bin ich jemals ein Gentleman gewesen? Was für ein Mensch bin ich überhaupt? … Hier ist ein Spiegel. Meine Augen gewöhnen sich allmählich an die Dunkelheit: ich erkenne den matten Widerschein meines Gesichtes. Ich sehe älter aus als ich bin – auf jeden Fall älter als dreiundvierzig. Was bist du doch für ein trübsinniger Bursche, Karl Kroll! … Speed nannte mich aus unerfindlichen Gründen immer Clarence – obwohl ich meine, daß Karl ein recht schöner Name ist

… Welch ein elendes Gesicht! Das Gesicht eines Mannes, der sich für ziemlich kultiviert, wenn auch nicht besonders begabt hielt; hat sein Glück als Journalist versucht, versagte, und machte dann eine bescheidene Karriere als Bibliothekar an der Wiener Staatsbibliothek. Es war ein angenehmer Posten. Ich verzichtete darauf, weil ich wußte, daß in Österreich und überall in Europa Grauenhaftes bevorstand.

Ich interessiere mich überhaupt nicht für Politik. Ich wollte nur mein Privatleben und meinen Beruf, einige Freunde und natürlich Anna. Alles was ich begehrte, war Anna. Ich liebte sie. Sie war meine Frau. Ich hörte nicht auf, sie zu lieben, auch als sie es ablehnte, mit mir zu kommen über den Ozean. Sie sagte: «Nein, ich bleibe hier. Dies ist mein Land.»

Heute ist mir klar, daß sie es niemals ernst gemeint hat, als sie sagte, daß sie mich in Amerika wiedersehen würde. Sie wollte mich nur einstweilen beruhigen. Deshalb sagte sie: «Ich werde dir folgen, Karl! Liebling …» Und ich war dumm genug, das ernst zu nehmen.

Wenn ich ihr nicht geglaubt hätte, wie hätte ich dann diese schrecklichen ersten Monate in New York überleben können, die Einsamkeit, die Armut, die Langeweile? Ich wollte einen Job finden – irgendeinen Job, egal was; als Kellner in einem Restaurant, als Verkäufer in einem Buchladen oder als Lehrer –: ich wollte nur Geld verdienen – viel Geld, *für Anna* ... Es war keine Zeit zu verlieren. Das Geld, das ich aus Österreich herausschmuggeln konnte, reichte höchstens für zehn Monate. Ich versuchte ganz ernsthaft, etwas zu unternehmen und zu erreichen – bis mich der tödliche Schlag traf, bis Annas schrecklicher Brief mich lähmte, mich völlig aus der Bahn warf, mich fast umbrachte.

Nicht nur, daß sie um die Scheidung bat. Es war die Art, *wie* sie es tat, die so widerwärtig und so gräßlich war. «Du bist kein Arier», schrieb sie. «Jetzt weiß ich, daß es mein gesunder Rasseinstinkt war, der mich davor bewahrte, mit dir ein Kind zu haben.»

Ihr gesunder Rasseinstinkt ...

Sie hatte mir immer gesagt, daß der Arzt sie davor gewarnt hätte, schwanger zu werden ...

Ach, ihre Stimme, ihre entzückende, lügenhafte Stimme! – einschläfernd und manchmal ein bißchen heiser – nur ein ganz klein wenig ... Ich war verrückt nach ihrer Stimme – besonders wenn sie diese reizende kleine Heiserkeit hatte. Ich war verrückt nach ihr. Ich bin es noch heute, vielleicht ...

Es wird mir innerlich ganz heiß, wenn ich mir nur ihr Gesicht vorstelle oder mich an ihr verwirrendes Lächeln erinnere.

Jemand läutet an der Tür –: das Geräusch geht mir durch und durch! ... Ich kann die Stimmen hören. Das ist Jim, und das muß der andere Kerl sein, den ich nicht kenne. Sie scheinen ziemlich hartnäckig zu sein: «Wir wollen Mr. Kroll sprechen. Er muß als Zeuge auftreten. Unser Vetter Speed sitzt im Gefängnis – unschuldig –: Mr. Kroll ist dafür verantwortlich. Wo ist Mr. Kroll?»

Mr. Prokoff hört sich ruhig, aber bestimmt an: «Ich habe Ihnen schon vorher gesagt, und zwar zum wiederholten Male, daß ich nichts über Mr. Krolls Aufenthaltsort weiß.» Er spricht mit äußerstem Nachdruck und hat offenbar Erfolg damit: ohne Widerrede zieht man sich zurück.

Draußen ist es ziemlich kalt – es schneit immer noch. Die Flocken fallen ohne Unterlaß und so verschwenderisch, daß die Stadtverwaltung anscheinend schon alle Hoffnung aufgegeben hat, die Schneemassen jemals beseitigen zu können. Die Straßen sind weiß verpackt. Das mag unangenehm sein, aber für mich ist es gut. Denn ich darf hoffen, daß sich Jim und sein dubioser Kumpel eine schöne Erkältung holen werden, wenn sie auf der Straße stehen. Vielleicht bekommen sie auf diese Weise auch die langweilige Bewachung gründlich satt.

Wenn ich in Jims Situation wäre – frei und unabhängig –, dann würde ich sicher jeden anderen Ort in New York dieser düsteren Umgebung vorziehen. Wie verlassen habe ich mich anfangs gefühlt, als ich in Mr. Prokoffs Haus einzog!

«Ich hoffe, Sie fühlen sich hier ganz zu Hause, Mr. Kroll …» Deutlich erinnere ich mich an Mrs. Prokoffs verbindliches, vielversprechendes Lächeln, als ich sie zum ersten Mal sah und wir uns über den Preis einigten. Sie sah beinahe hübsch aus, an diesem Abend, zurechtgemacht, als wolle sie ausgehen. – «Es ist ein sehr gemütliches Zimmer», pries sie es an …

Was es so deprimierend macht, ist die ständige Dunkelheit. Das schummrige Dämmerlicht auch an schönen Tagen … Und dann natürlich der Geruch – dieser schale, eklige Geruch, der einen schon am Eingang empfängt und mich bis in mein Zimmer verfolgt, sich in den Möbeln, in der Bettwäsche und sogar in den Kleidern einnistet … Ich weiß nicht, woher er kommt: ob aus der Küche, aus den Teppichen oder von den abgestandenen Parfums in Mrs. Prokoffs Kleidung.

Mrs. Prokoffs Gesicht ... Wie es sich nach und nach veränderte, als sie erkannte, daß ich kaum an ihren eindeutigen Angeboten interessiert war. Die grimmige Würde in ihren Bewegungen, wenn sie das Zimmer herrichtet ... Ganz offensichtlich haßt sie ihre Arbeit und denkt, es sei eine Beleidigung, für andere Leute den Diener spielen zu müssen! Sie war nicht nur fortwährend mürrisch und querköpfig, sie hatte auch plötzliche Wutausbrüche, veritable Anfälle von Verbitterung, mit reichlich Tränen und sinnlosen Anklagen.

In solchen Fällen war es stets Mr. Prokoffs delikate Aufgabe, mein berechtigtes Mißfallen zu besänftigen. Wie beschämt und besorgt sah er dann aus, wenn er in mein Zimmer schlich, um sich für ihre hysterischen Ausbrüche zu entschuldigen. Die arme Anita sei über alle Maßen nervös – versicherte er mit beschwörender Stimme: «Ein nahezu pathologischer Fall – das ist sie in der Tat», flüsterte er hinter vorgehaltener Hand, und dann grinste er, als ob er mir gerade ein süßes, wiewohl leicht anzügliches Geheimnis anvertraut hätte.

Ich war peinlich berührt, als er sich anschickte, mir nun alles über sich und seine Frau zu erzählen – wie tief unglücklich sie beide jetzt seien und welch wunderbare Tage sie erlebt hätten, als er noch ein erfolgreicher Geschäftsmann an der Westküste war. «Sie verachtet mich, weil ich das ganze Geld verloren habe», erklärte er mit düsterer Befriedigung ... «Sie kann es mir nicht verzeihen, daß wir arm sind, ob Sie's glauben oder nicht», sagte er emphatisch. «Anita hat mich nie geliebt – niemals *wirklich* geliebt, wenn Sie wissen, was ich meine ... Sie hält *mich für ein Scheusal*», flüsterte er ernsthaft, so als habe er gerade die offensichtlichsten und alarmierendsten Symptome von Mrs. Prokoffs beklagenswertem geistigem Niedergang enthüllt.

Ich fühlte, daß er von mir irgendeine Reaktion erwartete, aber es war schwierig, die passenden Worte zu finden. Deshalb schüttelte ich bloß den Kopf, als sei ich völlig verwirrt von so viel weiblicher Torheit. Schließlich murmelte ich: «Warum hält man Sie ... Mr. Prokoff ... für ein *Scheusal*? Was heißt das schon? Ist doch alles eine Geschmacksfrage, oder nicht?» Er nickte leidenschaftlich, als ob ich soeben das ausgesprochen hätte, was er selbst während all der Jahre seines Ehe-Martyriums nur gedacht hatte: «Sie haben vollkommen recht!» betonte er triumphierend. «Es ist eine Frage des Geschmacks – und nichts anderes. Aber gerade ihr Geschmack ist höchst eigentümlich. Er war es immer – schon bevor ich sie kennenlernte. Sie hat eine krankhafte Schwäche für diese athletischen Typen – schlanke, stramme Kerle ...» Er beschrieb mit einer ausladenden, expressiven Geste die Größe und kraftvolle Schönheit jener beneidenswerten Mannsbilder, die seine verwöhnte Frau anzogen.

Er ist ganz ungewöhnlich häßlich, einer der häßlichsten Männer, die ich je gesehen habe. Ich glaube nicht, daß er tatsächlich einen Buckel *hat*, aber er sieht so aus, als ob er einen hätte, die rudernden Bewegungen seiner viel zu langen Arme sind danach, und seine dünne, blecherne Stimme, selbst die Züge seines grauen, schiefen Gesichts – überhaupt seine ganze Erscheinung wirkt wie die eines Krüppels.

«Übrigens, kennen Sie den Marquis de la Silvaplotta?» fragte er mich dann, mit einem listigen Zwinkern in seinen gelblichen Augen. Ich sagte ihm, daß dies leider nicht der Fall sei – woraufhin er sich stillvergnügt lachend die Hände rieb: «Ein gutaussehender Bursche, zugegeben. Wollte beim Film arbeiten, aber sie gaben ihm keine Rolle. Kein Geld, aber stets wie ein Prinz gekleidet – ein richtiger Gentleman: leicht zu erkennen, daß er aus einem guten Stall kam ... Anita liebte ihn abgöttisch. Hatte eine Affäre mit ihm, als wir drüben in Los Angeles lebten ...»

Er schien von seinen Erinnerungen, die zugleich prickelnd und abstoßend waren, überwältigt; dann seufzte er, als ob er meine Gedanken gelesen hätte: «Nein – ich bin nicht eifersüchtig. Warum denn auch?» Ein seltsames Lächeln mit einem Anflug von Stolz huschte über sein Gesicht. «Ich bin kein Adonis», gab er resigniert, aber würdevoll zu. Nach einem kurzen Schweigen fuhr er fort, mit einer Stimme, die sich sehr weich, fast singend anhörte: «Sie war wundervoll, zu ihrer Zeit. Eine echte Sensation – wenn Sie wissen, was ich meine. Alle Jungs waren verrückt nach ihr. Aber ich war es, den sie nahm. Meinen Sie nicht auch, daß sie jetzt eine wirkliche Dame ist?» Ich murmelte, natürlich sei sie das, und er schien hocherfreut. «Sie war es keineswegs, als ich sie heiratete», sagte er. «Nein, Sir. Zu dieser Zeit war Anita noch nicht jene kultivierte Persönlichkeit, die Sie kennen. Ganz im Gegenteil: Sie war ziemlich – einfach ... Aber ich habe sie *erzogen*: ja, mein Herr, das habe ich. Ich kannte viele nette Leute, als ich noch Geld hatte. Durch *mich* hat sie den Marquis de la Silvaplotta kennengelernt.» Dies verkündete er mit besonderem Stolz, dann fügte er finster hinzu:

«Sie sollte mir dankbar sein. Aber *nein.* Anstatt zu würdigen, was ich für sie getan habe, haßt und verachtet sie mich, behandelt mich wie einen Hund. Und zwar ständig. Sie behandelt mich wie einen Hund.» –

Es war nicht zum Aushalten. Es wurde ein Alptraum: Mr. Prokoffs exhibitionistische Geschwätzigkeit; Mrs. Prokoffs verwelkender und aufdringlicher Charme; das ständige Dämmerlicht, der Gestank, die Einsamkeit – es war einfach zuviel, es machte mich fertig …

Wen wundert es, daß ich schließlich zu langen, ziellosen Spaziergängen überging – ich wurde geradezu süchtig danach wie nach einer Droge. Ich lief durch die Straßen – immer allein. Kreuz und quer durch die ganze Stadt; Times Square, Harlem, Brooklyn, Central Park … Getrieben von einer unsichtbaren Macht … Müde, erschöpft, wie betäubt. Und ganz allein.

Ich sehnte mich nach einem menschlichen Wesen als Begleiter. Aber es gab niemanden. Keiner kümmerte sich um mich. Ich war wie ausgestoßen – ein Paria. Als hätte ich eine ansteckende Krankheit …

Ich sehnte mich nach einer menschlichen Stimme.

Und so passierte es dann. Es war seine

Stimme, die mir auffiel. Sie klang schläfrig, sehr schüchtern und ein wenig heiser.

«Haben Sie vielleicht eine Zigarette für mich, Mister?»

Er wirkte so unschuldig, so bescheiden – mit seinem schwachen, hilflosen Lächeln. Da stand er – nahe der Ecke 8. Avenue/42. Straße –, knöcheltief im Schnee, zitternd vor Kälte. Es war ungefähr ein Uhr in einer jener eisigen Nächte, in denen dieser grausame, beißende Sturm um die Ecken fegt.

Er trug weder Mantel noch Hut. Sein Haar war zerzaust vom Wind, und er hatte eine nervöse Art, eine widerspenstige Locke mit der Handfläche zurückzustreifen. Und doch war sein Haar schön – dicht, blond und seidig.

Ich wunderte mich, wie sein Gesicht trotz der strengen Kälte so blaß aussehen konnte. Alle Farbe schien sich auf das leuchtende Rot seiner Lippen zu konzentrieren, die in ihrer flammenden Nacktheit irgendwie unanständig wirkten. Zwischen seinen Vorderzähnen hielt er zwei Streichhölzer, ohne sie zu kauen: er ließ sie einfach mit lässiger Eleganz herunterhängen, sehr kokett, wie die Chorsängerinnen in einer spanischen Oper, die Rosen zwischen den Zähnen tragen.

In gewisser Weise erinnerte er mich an ein

hochgezüchtetes Rassepferd, das nie, und sei es nur für wenige Minuten, still stehen kann. Eine starke Unruhe ging von ihm aus, wenn er andauernd sein Gewicht von einem Fuß auf den anderen verlagerte. Seine Schultern zuckten nervös. Er war mager – offensichtlich schlecht ernährt –, aber geschmeidig und ziemlich gut gebaut; nicht sehr groß, eher ein wenig kleiner als ich. Ich schätzte ihn kaum älter als siebzehn. Später erzählte er mir, daß er einundzwanzig sei.

«Eine Zigarette ...?» wiederholte er mit traurigen Augen; dann senkte er seinen Blick. Ich bot ihm eine Zigarette an und Feuer und fragte ihn dann, ob er nicht friere und ob er einen Drink haben wolle. Er erklärte mit einem gewissen Stolz, daß ihm die Kälte nichts ausmache – «Ich spüre sie nicht einmal», prahlte er –; trotzdem hatte er nichts gegen einen Drink einzuwenden – im Gegenteil.

Da wir schon vor einer Bar standen, schlug ich vor, dort hineinzugehen. In äußerst lässiger Haltung betrat er mit mir die Bar.

Ich bestellte zwei Scotch-Soda, aber der Barkeeper erklärte reichlich schroff: «Der Kerl da bekommt von mir gar nichts.» – «Warum nicht?» fragte ich. «Was hat er getan?» Der Barkeeper antwortete, daß er nichts getan habe, er wolle ihm nur einfach keinen Drink servieren. Mein junger Begleiter verschränkte angriffslustig seine Arme vor der Brust. «Du fühlst dich wohl stark, was?» fragte er mit einer Art verhaltener und doch aggressiver Neugier – worauf der Barkeeper mit gefährlich tonloser Stimme sagte: «Du verschwindest hier besser.»

«Laß uns gehen!» schlug ich vor, ziemlich verwirrt. Der Junge sagte «Okay» und glitt von seinem Barhocker. Seltsam stolz und hochgestimmt, beehrte er den Barkeeper mit einem letzten Blick und folgte mir dann zur Türe. Auf der Schwelle blieb er für einen Augenblick stehen und spuckte mit einer großen Bewegung seines ganzen Oberkörpers aus. Diese Geste wirkte sonderbar furchterregend und großartig, so vulgär sie auch war – wie ein vernichtender Fluch, eine wilde barbarische Zeremonie.

«Du bist ganz schön betrunken», sagte ich, als wir draußen waren.

Er zuckte die Schultern mit einem spöttischen Grinsen. «Ich hatte nur ein paar Drinks. Das vertrag ich schon.» Seine Augen waren wäßrig und starr, verdunkelt von einer geheimnisvollen Wut. Er ging schnell: es war schwierig, mit ihm Schritt zu halten.

Er sah schlampig aus und eher heruntergekommen als wirklich arm. Sein grauer Anzug war so abgetragen, daß die Farbe schon leicht grünlich wirkte. Er hatte aber insgesamt noch eine ziemlich elegante Form bewahrt. Das Auffallendste an seiner Kleidung war jedoch ein großes rosafarbenes Taschentuch in seiner Brusttasche – ein besonders scheußliches Ding aus billiger, glänzender Seide, verziert mit einer monströsen Stickerei, die ein Mädchengesicht darstellte. Noch charakteristischer für seine ganze Erscheinung waren seine Schuhe –: kokette Schuhe, sehr spitz, aus einem weichen Material gemacht. Sie waren urspünglich gelb gewesen, nun aber ausgebleicht und fast farblos. Irgendwie wirkten sie wie griechische Sandalen – Flügelschuhe, die den elastischen Körper über Eis und Schnee trugen. – Diese merkwürdigen Schuhe waren die einzigen, die ich während der gesamten Zeit unserer Bekanntschaft an seinen Füßen sah.

«Du solltest etwas essen», schlug ich vor, ein wenig außer Atem. «Wie heißt du eigentlich?»

«Man nennt mich Speed», sagte er; und fügte hinzu – halb aus Stolz, halb entschuldigend: «Weil ich es meistens eilig habe ...»

«Den Namen habe ich noch nie gehört», bemerkte ich leicht irritiert. Worauf er fröhlich grinste: «So einen wie mich hast du auch noch nie kennengelernt.»

In einer Cafeteria nahmen wir Hot Dogs und Kaffee zu uns. Als er fertig war, sagte er – sehr deutlich und mit einer gewissen Feierlichkeit, als wolle er ein Dankgebet für das Essen sprechen: «Du verdammter Hurensohn.»

«Wen meinst du?» – Ich war ziemlich erschrocken.

«Diesen blöden Kerl in der Bar», murmelte er. «Das wird er mir büßen – die drekkige Ratte ... Ich sag es dem Freund meiner Schwester: das mach ich ...» Seine großen Kinderaugen waren wieder erfüllt von dieser beunruhigenden Dunkelheit. Ich begann mich ziemlich ungemütlich zu fühlen.

«Es ist Zeit, schlafen zu gehen», bemerkte ich und versuchte dabei, ungezwungen und doch entschlossen zu klingen. Noch während ich sprach, fühlte ich, daß ich log, und wußte, daß er es wußte. Er hatte erkannt, daß ich nicht wirklich ins Bett gehen wollte, daß ich mich vor meinem Raum fürchtete und vor der Einsamkeit und dem Geruch.

Nach einigen Gläsern Whisky wurde er wieder gesprächig. Wir waren inzwischen in eine ruhige kleine Bar gegangen, und er fuhr fort, mir zu versichern, was ich für ein feiner

Kerl sei, der ihm all das Zeug spendiert hatte: Hot Dogs, Kaffee und Drinks. Er genoß den Schnaps in vollen Zügen. Seine Augen funkelten vor Freude, als er erklärte: «Das tut mir so richtig gut!» Es war bei dieser Gelegenheit, daß er zum ersten Mal seinen Lieblingsausdruck benutzte, der mir später so vertraut werden sollte. «Mordsmäßig gut!» Darauf beharrte er mit einer gewissen Sturheit, als ob ich ihm widersprochen hätte.

Er erzählte mir, daß er keinen Platz zum Schlafen habe, weil sein Zimmergenosse wütend auf ihn sei. «Hab sein Radio ins Pfandhaus getragen». sagte er beiläufig. «Deshalb ist er verärgert.» – Ich fragte ihn, ob er ein Anrecht darauf gehabt hätte, das Eigentum seines Zimmergenossen zu versetzen – worauf er mich anstarrte, amüsiert und zugleich verdutzt. «Ob ich dazu ein *Recht* hatte …?» antwortete er, die Augen in spöttischer Überraschung weit aufgerissen. «Was für ein Recht sollte ich denn haben? … Du bist verrückt, Clarence.» (Ich hatte ihm gerade erzählt, daß mein Name Karl sei.) – «Im Ernst – irgend etwas stimmt mir dir nicht.» – Es klang nicht beleidigend, im Gegenteil: die Art, wie er es sagte, war eher höflich und einschmeichelnd, er lächelte mit einer eleganten kleinen Verbeugung.

Alle seine Geschichten waren sich ähnlich: schockierend, weil ihnen jedes Bewußtsein von Moral abging; bunt, frech, lustig und verblüffend. Er erzählte mir von der Farm irgendwo in North Carolina, wo er als Junge gelebt hatte; und von seiner Mutter, die einen alten Kerl von Fünfundsiebzig geheiratet hatte, nur wegen seines Geldes: «Er ist in Ordnung, denke ich», sagte er nachsichtig. «Aber ich fand es furchtbar, meine Mutter dabei zu beobachten, wie sie mit ihm herumschäkerte – sich zur Hure machte ...» So lief er davon, trampte durch das ganze Land und erlebte überall seine Abenteuer – an der Westküste und in New Orleans, in den großen Städten des Mittleren Westens und des Ostens, in den Bergen, in Idaho, Utah, Nebraska. Ich war einfach beeindruckt von seinem Schwung und seiner Sorglosigkeit. Ich hatte immer angenommen, daß der Mensch im Leben ein gewisses Minimum an Sicherheit benötigt. Er brauchte das nicht. Er war unberechenbar, völlig besessen von einer unstillbaren Gier nach Abenteuern, nach Taten, nach ständiger schneller Bewegung. Gab es keinen, dem er sich wirklich verbunden fühlte? – Doch. Es gab seine Schwester.

Sein Gesichtsausdruck veränderte sich, als er sie erwähnte.

«Lucy ...» Er verweilte zärtlich bei ihrem Namen, während nach und nach ein strahlendes Lächeln sein Gesicht aufhellte. «Niemand ist wie sie. Ehrlich. Kein anderes Mädchen.» Ich erfuhr, daß sie eine Bardame war, vor allem jedoch «eine Persönlichkeit». – «Im Ernst!» beteuerte er. Lucy war großartig, toll, unvergleichlich. Sie stand in Kontakt mit berühmten Boxern, Zeitungsleuten, Filmstars und sogar mit gewissen «großen Tieren» bei der Polizei. Einer ihrer zahlreichen Freunde hatte Speed das gewaltige rosa Taschentuch verehrt. Sie war eine tolle Person – und, Donnerwetter, was hatte sie für eine Figur! – «Willst du ihr Bild sehen?»

Natürlich wollte ich, und er zeigte mir eine recht große Photographie: es wirkte wie ein Taschenspielertrick, als er das Bild aus seiner engen, grünen Jacke hervorzauberte. «Hier ist sie», verkündete er stolz und fuhr zärtlich scherzend fort: «Ein häßliches altes Weib, nicht wahr?»

Sie war äußerst attraktiv – eine Person von eindrucksvollem Äußeren, trotz ihrer erschreckend vulgären Gesichtszüge.

Ich fragte Speed, ob sie älter als er sei, und er sagte: ja, drei Jahre älter; dann fragte er mich: «Macht sie mir Ehre?» Zuerst wußte ich nicht, was er damit meinte – woraufhin er lange und herzlich lachte. «Ihr Ausländer seid schon lustig», sagte er gönnerhaft. «Ihr versteht die einfachsten Wörter nicht. – Ob ich meiner Schwester ähnlich sehe – nur das wollte ich wissen.»

Daß es eine gewisse Ähnlichkeit gab, bestätigte ich, ziemlich geistesabwesend. Denn was mich wirklich verwirrte, war die Tatsache, daß Lucys zauberhaftes Porträt an jemand anderen erinnerte – an ein vertrautes Gesicht: an das vertrauteste überhaupt ... Es konnte doch unmöglich *Anna* ähneln. Meine frühere Frau kam, trotz allem, aus einer angesehenen Familie; sie war gut erzogen, gebildet – eine Professorentochter.

Ich hörte Speeds heisere Stimme schläfrig flüstern: «Würdest du sie gern mal treffen, Clarence?»

Sie arbeitete jetzt in einer Bar in der 89. Straße, geöffnet bis vier Uhr morgens. Es war gerade halb drei. Speed schlug vor, die U-Bahn zu nehmen und mit Lucy einen zu heben. Dann sollte sie ihn mit in ihre Wohnung nehmen, wo er schlafen könne. Ich stimmte zu – teils weil ich begierig war, sie kennenzulernen; teils weil ich Speed ohne ein Dach über dem Kopf ungern auf der Straße zurücklassen wollte, wo der Schneesturm blies.

Als wir unser Ziel erreicht hatten, informierte uns der Barkeeper kurz angebunden, daß er Miss Lucy schon seit ein paar Nächten nicht mehr gesehen habe – worauf Speed den Kopf hin und her wiegte, mit der Zunge schnalzte und sagte: «Mann, ist das nicht 'n Pech?» Vielleicht lag Lucy in einem Krankenhaus, oder hatte einen Unfall, oder hatte plötzlich geheiratet oder das Angebot einer Filmgesellschaft angenommen. «Bei so einer Wilden weiß man das nie», schloß er nachdenklich und begrüßte dann mit «Hallo» die neue Bardame. Er schien sie gut zu kennen, und er hörte nicht auf, mit ihr zu scherzen, als sie uns sehr süßen, grünlichen Likör in winzigen Gläsern servierte.

Allmählich fühlte ich mich verdammt müde, während Speed immer lebhafter und gesprächiger wurde. Das Barmädchen gab ihm etwas, das ich nicht sehen sollte. Zufällig erkannte ich, daß es eine kleine Packung Zigaretten war, und ich wunderte mich, warum ein so harmloses Geschäft von Kichern und alberner Geheimniskrämerei begleitet war. Speed ging zur Herrentoilette und blieb dort ungefähr zehn Minuten. Als er zurückkam, schien er fröhlicher und aufgedrehter als vorher. Seine Augen glänzten auf eine reichlich beunruhigende Weise, er sprang herum, kicherte und schnitt allerhand Grimassen. Ich war von diesem aufgeregten Treiben zugleich angezogen und abgestoßen. Er führte ein regelrechtes Pfeifkonzert auf, ahmte alle Arten von Vogelstimmen nach und flötete mit einer verblüffenden Technik alte, bezaubernde Melodien. Seine unaufhörlichen Späße ließen die wenigen Gäste bis vier Uhr morgens in der Bar ausharren. Dann mußten wir alle gehen.

«Wohin jetzt?» fragte ich ihn, als wir schließlich auf der Straße standen.

«Nun ...» sagte er gedehnt; und darauf: «Also gut ...» Dann warf er einen schnellen Seitenblick auf mich. Seine ganze wilde Ausgelassenheit war mit einem Mal verschwunden. Seine Stimme klang ernüchtert und niedergeschlagen, als er murmelte: «Soll ich nicht mit dir kommen? – Ich weiß sonst nicht wohin ... weil Lucy im Krankenhaus liegt – vielleicht schon tot», fügte er mit einem Seufzer hinzu.

Er tat mir leid – so sehr leid, daß es mich traf wie ein plötzlicher Schmerz in Herz und Magen. Es war so lange her, daß ich echtes Mitleid für irgend jemand empfunden hatte – außer für mich selbst! Was war es im Elend doch für ein seltsamer Trost, einen Menschen zu treffen, dem es noch schlechter zu gehen schien als einem selbst ...

Ich hatte einfach nicht die Stirn, ihn zu enttäuschen. – «Komm schon mit», sagte ich. «Da, wo ich wohne, ist Platz genug für uns beide …» –

Bevor er sich auf meinem Sofa zum Schlafen niederlegte, redete er noch eine Zeitlang weiter. Er rauchte wieder zwei dieser geheimnisvollen Zigaretten, die das Barmädchen ihm gegeben hatte, und ich fand, daß sie einen ganz ungewöhnlichen Geruch hatten. Als ich ihn aber fragte, was für ein Tabak das sei, wurde er von einem regelrechten Lachanfall geschüttelt – er krümmte sich vor Lachen. «Ganz gewöhnlicher Tabak!» kicherte er und machte mitten im Zimmer Luftsprünge wie ein Verrückter. «Ehrlich, Clarence! Ganz normale Zigaretten … An ihnen ist nichts faul … nichts verdächtig … wirklich nicht …» – Und dieses dumme, unangemessene Wort – «faul» – schien merkwürdigerweise seine nervöse Heiterkeit noch zu steigern: er wiederholte es dutzendfach unter Stürmen von schrillem, bebendem Gelächter.

Ein paar Minuten danach erklärte er, daß er hungrig sei: «Ich sterbe vor Hunger», verkündete er in wilder Gier – und dann durchstöberte er mein Zimmer nach irgend etwas Eßbarem. Er verschlang alles, was er fand: Käse, Brot und einige Früchte. «Nach diesen

Zigaretten fühlst du dich irgendwie leer – ganz hohl ...» meinte er. Dann wurde er sehr schläfrig. Aber sogar als er schließlich auf dem Sofa lag, hört er nicht auf zu reden.

Er wurde überraschend nachdenklich und philosophisch. – «Bist du mir böse, Clarence?» begann er mit hypnotisch singender, leiser Stimme. Ich sagte: «Nein – warum sollte ich?» Er aber drängte weiter, hartnäkkig und zugleich wehmütig: «Oh, es gibt immer viele Gründe, auf einen Kerl böse zu sein. Wir sind doch alle elende Sünder», schloß er ernst mit einer theatralischen Geste.

Ich fragte ihn, was er denn über die Sünde wisse, worauf er vertraulich und zugleich unheilvoll zu grinsen begann. «Ich hab's in der Schule gelernt», erklärte er. «Alles über Gut und Böse, Himmel und Hölle und das Jüngste Gericht – ich kenne den ganzen Kram auswendig. *Jawohl.* Im Ernst. – Ich *weiß*, was passieren wird ... Meine Mutter hat es uns auch erzählt. Sie konnte reden wie ein Prediger, zu ihrer Zeit – bevor sie sich verkaufte und diese stinkende alte Ratte heiratete ... Oh, *Junge!* Sie konnte einem richtig angst machen! Auch Lucy war zu Tode erschrokken, als Mutter uns von all dem furchtbaren Zeug erzählte, über Gott, und wie wütend er werden kann, wenn wir etwas Falsches anstellen.» Er schwieg nachdenklich. Als er wieder zu sprechen begann, zitterte seine Stimme ein wenig. «Das Jüngste Gericht ...» sagte er, sehr langsam, «muß ungefähr wie eine Riesenrazzia sein, denke ich: die Erzengel rasen wie die Bullen herum, und dabei machen ihre goldenen Trompeten einen Höllenkrach wie Alarmsirenen ... Mensch, *Junge!* – Was für ein Zirkus! Die Erzengel jagen die Skelette – und die Skelette springen umher und klappern mit den Knochen – sündige Ratten, alle miteinander! Und dann werden sie natürlich schreien und betteln und bitterlich um Gnade winseln. Aber für die wird es keine Gnade geben – *Nichts da!* Kein *bißchen* Gnade für all die kleinen Gauner und großen Tiere! Die Reichen und die Armen, die Bullen und die Barkeeper, mein Stiefvater und die Juden und die Schwarzen, und die Japsen und die Prediger, und sämtliche Präsidenten, Könige und Filmstars – *alle*, die ganze elende Meute wird für die Sünden büßen müssen, und ich schaue zu, wie sie gepiesackt werden und geröstet, dort unten, in der Hölle – wird mir guttun ... *Jawohl – mordsmäßig* gut ...»

Er lag bewegungslos und schweigend, mit geschlossenen Augen und offenem Mund. Ich konnte sein Gesicht sehen, sehr blaß und entfernt im ersten Licht des frühen Morgens. Es war völlig entspannt und strahlte jene friedliche Unschuld aus, die das Gesicht schlafender Kinder so liebenswert und rührend macht. Und es war tatsächlich die zärtliche Stimme eines Kindes, die halb im Schlaf melodisch flüsterte:

«Gute Nacht, Clarence. Bist du wütend auf mich? – Du darfst mir niemals böse sein ... Versprich es mir! – *Niemals* ...»

Mr. Prokoff war leicht überrascht, als er einen schlafenden Jungen in meinem Zimmer fand, am folgenden Mittag. Er runzelte die Stirn und schüttelte mehrmals den Kopf. Ich erklärte, einigermaßen nervös, daß der junge Mann der Sohn eines alten Freundes sei, außerhalb der Stadt wohne und zufällig seinen Bus verpaßt habe, worauf sich Mr. Prokoff diskret zurückzog.

Ich stellte Speed nie förmlich Mrs. Prokoff vor, und ich erinnere mich auch nicht daran, bei welcher Gelegenheit sie ihn zum ersten Mal sah. Wie auch immer, als ich einmal in seiner Begleitung ausging oder heimkam, hatte sie gerade zufällig im Hausflur zu tun; dabei durchbohrte sie uns mit flinken, argwöhnischen Blicken. Zugleich glaubte ich ein schwaches Lächeln auf ihren verwelkten, aber immer noch sinnlichen Lippen zu entdecken. Das mag ein Irrtum meinerseits gewesen sein. Am selben Tag geschah es jedoch, daß Speed mich mit einer Art flüchtiger Neugier fragte, ob ich Mrs. Prokoff kenne und wie alt sie sei. «Sie ist eigentlich gar nicht so übel», stellte er fest und fügte mit einem frechen kleinen Lachen hinzu: «Jedenfalls viel zu hübsch für diesen scheußlichen alten Affen.» – Das war der Spitzname, den wir gewöhnlich meinem unglücklichen Vermieter gaben.

Wir hatten viel Spaß zusammen, Speed und ich.

Deshalb mochte ich mich nicht von ihm trennen. Es hat keinen Sinn, mich selbst zu betrügen mit heuchlerischem Gerede über Mitleid und Großzügigkeit oder so was. Die Wahrheit ist, daß ich ihn nicht fortschickte, weil ich ihn gern um mich hatte.

Er war völlig im Recht, als er sagte, daß ich noch keinen wie ihn getroffen hätte. Tatsächlich war er etwas vollkommen Neues – ein mir ganz unbekannter Menschenschlag, mit all seinen Launen, seiner glatten und wilden Eleganz, seiner ungestümen Lebenskraft, seiner ungezügelten Phantasie, seinem boshaften Witz, seiner Grausamkeit, seiner unberechenbaren und kaum zu fassenden Ignoranz.

Am Anfang versuchte ich noch, ihn zu erziehen und ihn zu «retten». Ich war schon immer an Pädagogik interessiert und hatte ursprünglich auch Lehrer werden wollen. Später, als ich heiratete, hoffte ich auf einen Sohn. Speed war natürlich nicht unbedingt so, wie ich mir meinen Sohn vorstellte. Trotzdem, hier war er – und da *alles* sich verrückt entwickelt hatte – in meinem Privatleben und in der Welt sowieso –: warum sollte ich nicht auch einen leicht Verrückten als Sohn akzeptieren, zumindestens für einige Zeit?

Sein absoluter Mangel an Bildung war etwas, das niemals aufhörte, mich zu erschrecken und auch zu kränken. Er wußte nicht, von welchem Land Paris die Hauptstadt war, und hätte ich ihm erzählt, William Shakespeare sei ein amerikanischer Industrieller, so hätte er mir sicher geglaubt. Er meinte, ich wolle scherzen, als ich in irgendeinem Zusammenhang erwähnte, daß gewisse Teile seines Landes einmal einer fremden Macht gehört hätten. – «Weißt du wirklich nicht, wer George Washington war?» fragte ich ihn völlig perplex. «Niemals vom Unabhängigkeitskrieg gehört?» – Er hatte ein listiges Funkeln in den Augen, als er mit einer seltsam tiefen, gedehnten Stimme sagte: «Sicher, ich weiß schon ...: *Besteue-*

rung ohne Mitbestimmung ... Das war's, worüber sich diese alten Knacker in Boston so aufregten ...» Es war sehr merkwürdig, daß er sich gerade an diesen einen Satz erinnerte, der für sich genommen sinnlos war, wie an eine Zauberformel.

Ich mußte bald erfahren, daß es vollkommen hoffnungslos war, ihm etwas von fremden Ländern oder früheren Zeiten erzählen zu wollen. Es interessierte ihn einfach nicht. «Hör schon auf!» sagte er barsch. «Es juckt mich nicht, was vor Hunderten von Jahren passiert ist. Wir haben selbst Ärger genug, heutzutage.»

Er gähnte und schnitt Gesichter, wenn ich ihn aufforderte, in eine Zeitschrift zu schauen oder einen Zeitungsartikel zu lesen. Gedrucktes langweilte ihn nicht nur, sondern ekelte ihn geradezu. Das einzige, was er las, waren die Comic-Serien, die er eifrig in den Abend-Blättern studierte. Er kreischte vor Lachen und versuchte oft, mich an seiner überschwenglichen Freude teilhaben zu lassen: «Das ist wirklich gut – schau es dir an!»

Er wollte mir immerzu die Dinge erklären, von denen er begeistert war: es lag etwas Rührendes in seinem unermüdlichen Eifer. Ich fürchte, daß ich auf meine Art ein ebenso hoffnungsloser Schüler war wie Speed seinerseits. Ich hatte nicht das gleiche Vergnügen an den Gangster-Filmen oder Western; die Baseball-Spiele langweilten mich, und über Comics konnte ich kaum lachen. Trotzdem schätzte ich Speeds ständiges Drängen, an seinen Vergnügungen teilzunehmen. Ich glaube immer noch, daß er mich als Freund angesehen haben muß, in einem verborgenen Winkel seines Herzens.

Er trottete hinter mir her wie ein Hund: den Grund habe ich nie ganz verstanden. Denn er wußte mit Sicherheit, daß ich keine Reichtümer besaß – obgleich er sich wohl auch nicht vorstellen konnte, wie arm ich wirklich war ... Er hielt es für selbstverständlich, daß ich Geld genug hätte, um ihm gelegentlich einen halben Dollar zu schenken, und niemals bat er um mehr.

Ich bezahlte für ihn Essen und Trinken und nahm ihn mit ins Kino. Das bedeutete ihm offensichtlich etwas. Auch daß er auf meinem Sofa schlafen konnte, wenn er für die Nacht keinen anderen Platz fand – was ziemlich oft vorkam, zwei- oder dreimal in der Woche. Denn sein früherer Zimmernachbar war noch immer wütend auf ihn, und die Wohnung seiner Schwester Lucy bot gerade Platz für einen einzigen Gast: «Deshalb will ihr Freund natürlich nicht, daß ich da herumhänge, wenn er selbst am Abend frei hat», erklärte Speed.

Manchmal verschwand er für ein oder zwei Tage – entweder, weil er etwas zu «erledigen» hatte mit seiner Schwester oder ihrem Freund oder weil irgendwelche lustigen und abenteuerlichen Ereignisse seine ganze Zeit beanspruchten. Außergewöhnliches erlebte er, seinen dramatischen Berichten zufolge, oft. Junge Frauen in prächtigen Pelzmänteln nahmen ihn in riesigen, eleganten Autos mit und bewirteten ihn in ihren teuren Wohnungen. Manchmal rief er mich um vier oder fünf Uhr morgens an und beharrte mit der törichten Hartnäckigkeit des Betrunkenen darauf, daß es Mittag sei und die Sonne scheine. Am nächsten Tag wirkte er amüsiert und geschmeichelt, wenn ich ihn über seinen Irrtum aufklärte: «Ich muß völlig blau gewesen sein!» Er grinste kindisch zufrieden.

Er kam immer zurück zu mir: Ich weiß nicht *warum* – aber er kam immer wieder. Vielleicht war es das gewisse Minimum an Sicherheit – etwas wie ein Heim, das ich ihm bot. Vielleicht war es dieses kleine bißchen Behaglichkeit und Frieden, was er schätzte oder sogar brauchte, trotz all seiner Freiheitsliebe. Er war unglaublich arm – so extrem und absolut, wie es unvereinbar schien mit jeder noch menschlich zu nennenden Lebensweise. Er war wirklich arm wie die Tiere des Waldes. Glücklicherweise machte er sich seine elende Lage niemals bewußt – obwohl er sie gespürt haben mag, manchmal, in einer kurzen und erschreckenden Ahnung.

Immer wieder faszinierte und verwirrte er mich, und er rührte mich oft durch seine natürliche Freundlichkeit, die sanfte Heiterkeit seines Lächelns. Ein andermal war er eine richtige Nervensäge, dann stieß er mich durch unmäßig grobes Verhalten ab. Ich geriet nicht selten in arge Verlegenheit, wenn er den «starken Mann» spielte, in einem Restaurant oder in einer Bar, oder wenn er sich produzierte, um ein Mädchen am Nebentisch zu beeindrucken. Aber dann versöhnte und bezauberte er mich aufs Neue mit einem Lächeln oder einem Wort – einem Wort vielleicht, das seine Schwester Lucy betraf...

Ich war immer noch begierig, sie kennenzulernen. Er nutzte meine Schwäche und Neugier ganz offenkundig aus und setzte seine unsichtbare Schwester als Lockvogel ein. Er präsentierte mir ihr Foto – dasselbe, das er mir schon früher gezeigt hatte – und grinste reichlich sentimental, als er sagte:

«Behalt es als Andenken, Clarence! Es ist alles, was ich habe … Ohne das Bild werde ich mich wohl ziemlich einsam fühlen …»

Manchmal konnte er so ganz beiläufig vorschlagen: «Komm, wir schauen bei Lucy vorbei. Sie arbeitet noch in derselben Kneipe.» – Aber dort war keine Lucy …

Was für ein Leben führte sie? Wie stand es um diese sagenhaften Freunde, die eine so beherrschende Rolle in Speeds Gesprächen spielten? Er sprach von ihnen wie von einer überaus mächtigen und gefürchteten Geheimorganisation. Einmal bat er mich, einen Brief aufzugeben, den er geschrieben hatte, während er auf mich wartete. «Aber vergiß es nicht!» ermahnte er mich. «Er ist an Lucys Freund, und er macht mir die Hölle heiß, wenn er ihn nicht bekommt. Er ist ein gefährlicher Gangster – mit dem legst du dich besser nicht an …» Zuerst hielt ich das für einen Scherz, aber mir verging das Lachen, als ich merkte, daß Speed es unheimlich ernst meinte.

Mochte Lucy wohl ebenso starke Parfums, wie Anna sie liebte? Hatte sie auch dieselbe kindische Schwäche für grelle Farben? War sie fähig, ihren Mann zu betrügen, auf diese gnadenlose Art wie Anna, die mich verlassen hatte, mich ganz allein gelassen hatte in diesem riesigen, fremden Lande ... Ich war tatsächlich mehr und mehr geneigt, Lucy und Anna in meinem verwirrten Kopf gleichzusetzen. Beide verschmolzen allmählich zu einer einzigen erstaunlichen und verführerischen Person –: Anna, die ich verloren hatte, und Lucy, die ich überhaupt nicht kannte ... Ich lebte in einem ständigen Dunstkreis von Lügen und Wahnphantasien, völlig berauscht von der billigen Romantik der Unterwelt. Meine Lage wurde natürlich noch alarmierender, als ich begann, dieses teuflische Zeug zu rauchen.

Zuerst weigerte ich mich standhaft, es zu probieren, und ich wurde sogar ziemlich ärgerlich, als mir Speed anvertraute, was für eine besondere Sorte «Tabak» es war, die seine Freundin, das Barmädchen, verkaufte. «*Marihuana*», sagte ich, «das ist doch ein Rauschgift, wenn ich mich nicht irre. Das ist gegen das Gesetz ...» – aber Speed reagierte nur mit einem Achselzucken: «Ist mir doch egal. Ich hab's schon als Kind geraucht, unten im Süden – und alle anderen Kinder auch. Es macht einfach Spaß –: du fühlst dich ganz leicht dabei ... Du solltest es mal versuchen, Clarence!»

Aber noch wollte ich es nicht.

Ich hatte Mr. Prokoff danach gefragt –

«aus rein wissenschaftlichem Interesse». Er runzelte die Stirn und wiegte bedenklich den Kopf. «Marihuana?» sagte er und machte ein säuerliches Gesicht dabei, als ob er einen bitteren Geschmack im Mund hätte. «Hände weg, Mr. Kroll! Es ‹stinkt›.» Ich war natürlich sehr besorgt. «Es ist also wirklich gegen das Gesetz?» fragte ich. – «Sicher ist es das», beteuerte er, düster nickend. «Lassen Sie sich nicht in solche dreckigen Drogengeschichten verwickeln, Mr. Kroll! Ein Gentleman wie Sie ...» – «Natürlich nicht», beeilte ich mich, ihm zu versichern. «Ich wollte nur wissen, was es damit auf sich hat ...»

Ich kann nicht sagen, daß er nach diesem Gespräch reservierter oder weniger freundlich geworden wäre. Aber manchmal hatte ich den Eindruck, als ob mich sein sorgenvoller Blick wie eine stumme und doch beredte Warnung durchbohrte.

Zur selben Zeit zeigte Mrs. Prokoff überraschende Zeichen von neuer Sympathie und Aufmerksamkeit. Sie klopfte plötzlich an meine Türe und fragte mit gurrender, leiser Stimme, ob ich irgendwelche Wünsche hätte: ein Sandwich – schlug sie vor, beinahe freundlich –, oder eine Tasse Tee ... – «Eine Tasse Tee!» wiederholte Speed mit einem idiotischen Kichern. Meistens war Speed zufällig bei mir, wenn Mrs. Prokoff hereinschaute, um mit flötender Stimme ihre liebenswürdigen Angebote zu unterbreiten. «Immer munter», bemerkte sie, wenn sich Speed vor Lachen krümmte. «Glückliche Jugend! Immer ausgelassen ...»

Er kreischte geradezu vor Freude, als Mrs. Prokoff schließlich verschwand – überschwenglich belustigt durch ihr komisches Verhalten und ihre Tee-Einladungen im besonderen. Denn in Speeds Kreisen war aus irgendeinem geheimnisvollen Grund Tee die gebräuchliche Bezeichnung für Marihuana. – «Gib mir ein paar Kröten», sagte er zu mir, «ich will *Tee* besorgen.» – Und ich gab ihm das Geld, obwohl ich es mir eigentlich nicht leisten konnte.

Ich gab viel mehr aus, während all dieser Zeit, als ich mir erlauben konnte. Ich wurde ziemlich unbekümmert – nicht nur, was meine Finanzen betraf. Auch wirklich wichtige Dinge nahm ich auf die leichte Schulter. Etwas in mir war zerbrochen – empfindungslos geworden und abgetötet, als ich durch eine lapidare Benachrichtigung von Anna unterrichtet wurde, daß sie wieder geheiratet hatte und daß ihr zweiter Ehemann ein hoher Funktionär der Nazipartei sei.

Es war diese abstoßende Neuigkeit, die

mir den entscheidenden Schlag gab. Ich erhielt ihn gerade ein paar Tage nach meiner Unterhaltung mit Mr. Prokoff über Marihuana. Und als Speed wieder drängte: «Du solltest es probieren, Clarence! Nur *einen* kleinen Zug ...» gab ich schließlich seinen Überredungskünsten nach.

Am Anfang fand ich es ziemlich schwierig, die aromatischen Zigaretten mit der richtigen Technik zu rauchen. Ich schluckte den Rauch falsch: er kitzelte in meinem Hals, ich mußte husten, mir wurde schwindlig. Speed, der inzwischen bereits fünf oder sechs geraucht hatte, war außer sich vor Vergnügen, als er meine unbeholfenen Versuche beobachtete. «Du bist eine komische Nummer!» neckte er mich und erstickte dabei fast vor Lachen. Und dann wiederholte er immer wieder, völlig verzückt, diese sinnlosen und kindischen Worte: «Was für eine komische kleine Nummer bist du doch! Was für eine komische Nummer ...»

Schließlich zeigte er mir, wie man es macht. Ich mußte den Rauch tief einatmen! Ungefähr so! – Und ich sollte dabei die Lippen spitzen –: so etwa; es war einfach ...

Er jedenfalls war ein Meister in der Kunst des Rauchens. Sein Gesichtsausdruck wurde ganz ernst, ja feierlich, wenn er an seiner Zigarette saugte wie ein Kind an seinem Schnuller. Er sah sehr verderbt aus, und doch auch so kindlich – ein pausbäckiges, verkommenes Kindergesicht.

Ich versuchte mein Bestes, es ihm nachzumachen, und nach einer gewissen Zeit wurde ich recht erfolgreich dabei. Nach der zweiten Zigarette fühlte ich mich leicht betrunken, und nach der dritten war ich ganz schön berauscht.

Was für eine merkwürdige Erfahrung! – beunruhigend und bezaubernd! Alle Dinge, mich eingeschlossen, verloren an Gewicht, wurden unwirklich; die Wände, die Stühle, meine Hände, meine Füße, das Bett, der Fußboden, die Zimmerdecke – alle Gegenstände und Gedanken, die Luft, die Probleme; die ganze Welt schien sich aufzulösen in einem Silbernebel – entrückt, verklärt, unbeschreiblich liebenswert, schön. Die Gesetze der Schwerkraft waren aufgehoben.

Ich war ein Vogel, ein Engel, ein Flugzeug, ein springendes Pferd, ein Tänzer. Ich war vollkommen glücklich. Andere Vögel, andere Engel sangen mit mir – ein hinreißender Chor. Sie kicherten, sie kitzelten mich und sie zwitscherten.

«Das tut dir endlich einmal gut», sangen die Engelsstimmen. Und der Chor wiederholte: «Was für eine komische kleine Nummer du bist ...»

Ich weinte vor Freude. Es war der Himmel.

Es war die Hölle. Ich litt.

Das Wunder verkam zum Laster; das Laster begann zur Gewohnheit zu werden. Es gab übrigens gewisse Bemerkungen, die Speed auf eine beiläufige und doch unheilvolle Weise fallen ließ, eindeutig geeignet, meine Befürchtungen zu verstärken. Er informierte mich darüber, daß der «Tee» sich verteuert habe: «Das Mädchen ist verhaftet worden – Du weißt, wen ich meine: die uns immer das Zeug verkauft hat ...» Mein Herz setzte aus. «Verhaftet?» fragte ich. «Warum?» – «Wie soll ich das wissen?» Er schien an der ganzen Sache kaum interessiert. «Ich nehme an, sie haben sie einfach verhaftet, weil sie herausgefunden haben, daß sie Geschäfte gemacht hat mit Tee und solchem Zeug. – Gut, jeder von uns muß schließlich sein Glück versuchen ...» bemerkte er mit heroischer Gleichgültigkeit, und dann fuhr er fort, mir auf plötzlich sehr distanzierte und abschreckende Weise alles über die Foltern und erniedrigenden Strafen zu erzählen, die die New Yorker Polizei auf Lager hätte für die, die sich Drogen besorgten und in den Drogen-Handel verwickelt wären. Es gäbe gräßliche alte Verliese – nach Speeds Schilderung – auf einer verlassenen Insel, speziell für Rauschgiftsüchtige. Er kam auf grausige Einzelheiten zu sprechen und beschrieb das Ungeziefer und die hungrigen Ratten, von denen es in diesem schauderhaften Gebäude nur so wimmelte. «Dort werden sie uns festhalten, für drei Jahre oder so», schloß er mit bitterem Humor und verlangte dann erneut «ein paar Kröten», weil er nach Harlem gehen wolle. Er hätte dort einen neuen Geschäftsfreund: «Ist auch so ein dreckiger alter Ganove», erklärte er in einem vergnügten Ton, als sei diese Aussage vorzüglich geeignet, mich zu beruhigen und meine Sorgen zu zerstreuen.

Wie oft nahm ich mir vor, diesen teuflischen «Tee» nicht mehr anzurühren. Aber meine guten Vorsätze erwiesen sich als beklagenswert schwach. Ich war nicht stark genug zu widerstehen, wenn Speed vorschlug: «Nehmen wir eine Tasse Tee ...»

Es war der exotische Duft, dieser aromatische Geruch – mild und doch durchdringend –, was ich an Marihuana am liebsten mochte. Es war der einzige Geruch, der sogar die übelriechenden Ausdünstungen von Mr. Prokoffs Haus übertönen konnte. Wenn

Speed mit einer neuen Lieferung «Tee» erschien – wenn wir beisammen saßen und rauchten, kicherten, schwatzten –, dann verschwand die öde Behaglichkeit des kleinbürgerlichen Heims. An ihre Stelle trat, wie von Geisterhand herbeigezaubert, eine berükkende Aussicht – eine Trauminsel, voller Geschrei und Gesang und würzigen Düften; bewohnt von drolligen Riesen und schelmischen Zwergen; es wimmelte von allen möglichen spaßigen, verführerischen Wesen.

«Ich bin ein Papagei», krähte Speed. «Schau! – mein wunderbar buntes Gefieder!»

Ich selbst verkündete, daß ich ein riesiger Fisch sei – genauer gesagt ein gigantischer Wal – und ihn verschlingen würde wegen seiner vielen Sünden.

«Und diese große, glitzernde Schlange dort!» jauchzte Speed, «das ist Lucy! ... Siehst du nicht ihre Augen und das kleine Goldkettchen um ihren Hals?»

«Ich hatte noch nicht die Ehre, dem königlichen Untier vorgestellt zu werden», kicherte ich.

Speed schüttelte sich vor Lachen ... «Du solltest sie kennenlernen, Clarence ... Im Ernst! Du solltest es wirklich.»

Das einzige Mitglied seiner Familie, das ich kennenlernte, war sein Cousin.

Wie deutlich erinnere ich den Augenblick, als er mein Zimmer betrat... Komischerweise habe ich ein wesentlich genaueres Bild von Jims Erscheinung als von Speeds – obwohl ich Speed mag und Jim unsympathisch finde. Und doch, wenn ich versuche, mir die Einzelheiten von Speeds Zügen vorzustellen, bleiben alle Formen unscharf und verschwommen – vage und zugleich übertrieben leuchtend – beinahe blendend; in andauernder Veränderung, sich auflösend, geheimnisvoll bewegt wie die Oberfläche eines trüben kleinen Sees, aufgewühlt von einer ständigen Brise ...

Mit Jim ist es anders. Er ist breit, stiernakkig und bullig – aus einem reizlosen und kompakten Material gemacht. Er ist groß, eindeutig größer als Speed –, aber ziemlich gebeugt, mit einem aufgedunsenen Gesicht. Er hat in meinen Augen ein häßliches Gesicht – und, noch schlimmer, es liegt etwas abstoßend Unehrliches in seinem stumpfsinnigen Ausdruck. Diese überbetonte Simplizität – diese Unschuld-vom-Lande-Attitüde – unbeholfen und selbstzufrieden –; diese linkisch tastenden Gesten – das ganze Auftreten machte mich irgendwie nervös, und gleichzeitig erschreckte es mich ein wenig.

«Das ist Jim», erklärte Speed, und sein Lächeln war halb entschuldigend, halb beschwichtigend – genau die Art von Lächeln, mit dem Damen der Gesellschaft einen Verwandten aus der Provinz einem ihrer reizenden Freunde vorstellen. – «Er ist mein Vetter – soeben aus Carolina gekommen. Ist zum ersten Mal in einer wirklich großen Stadt wie New York. Fühlt sich verloren hier, denke ich – oder nicht, Jim? – Besser wir kümmern uns um ihn, für'n Weilchen.» Mit einem aufmunternden kleinen Lachen schlug er Jim auf die mächtigen Schultern.

Wie zungenfertig und gewandt wirkte Speed im Vergleich zu diesem ungehobelten Cousin! – «Wir werden dich nicht allein lassen», versprach er Jim, dessen Antwort ein idiotisches Grinsen war. – «Clarence ist ein prima Kerl», fuhr Speed fort, und nun erhielt ich einen herzlichen Klaps auf die Schulter. «Er ist übrigens mein bester Freund: der beste, den ich jemals hatte. Er wird uns mit in eine Show nehmen, wenn du eine sehen willst.»

«Klar doch, immer», bellte der Cousin. Seine Stimme war noch entsetzlicher als sein Gesicht –: eine dumpfe Stimme, rauh und dröhnend: völlig unmenschlich, wie die Stimmen dieser «Sprechenden Hunde», die man manchmal im Zirkus sehen kann.

Dann verkündete er, daß er sich am ganzen Körper dreckig fühle – «wie ein altes Schwein». Als er fort war, um sein Gesicht in meinem Bad unters Wasser zu halten, informierte mich Speed heimlich und schnell darüber, daß sein Cousin ein bißchen «beschränkt» sei, aber sonst wirklich kein übler Kerl. Er warnte mich nachdrücklich davor, in Jims Gegenwart etwas von unseren «Tee-Partys» zu erwähnen ... Jim hatte natürlich niemals irgendeine Droge angefaßt: «Er weiß gar nicht, was das ist ...»

Nach dem Abendessen nahm ich die beiden Jungs mit in eine Show, und Jim taute auf, als die Stripperinnen das Publikum mit ihren freizügigen Gesten und ihrem gefrorenen Lächeln animierten. «Toll – wirklich!» grinste er. Aber sogar sein Lachen klang unheilvoll, wie das Donnern eines herannahenden Gewitters.

Speed schien unterdessen sehr unruhig zu werden, und schließlich flüsterte er mir ins Ohr, daß er sich beeilen müsse – sonst würde er eine Verabredung mit seinem Freund in Harlem verpassen. «Gib mir schnell drei Kröten, oder fünf! Du weißt wofür ...» Dann warf er einen raschen Blick auf Jim, der unsere Verschwörung nicht bemerken sollte. «Ich werd ihm sagen, daß ich etwas zu erledigen habe», flüsterte er, während sich sein Cousin diebisch über die glitzernde Parade der Nacktheit freute. «Ich treff dich bei dir zu Hause, um Mitternacht.» – Und er schlich sich aus dem dunklen, schwülen Raum.

Jim, vollständig gefesselt von der Show, hatte sein Gehen kaum bemerkt, und als ich ihm zehn oder fünfzehn Minuten später sagte, ich sei müde und müsse ins Bett, blickte er mich nur mit wäßrigen Augen an und lachte glucksend, wobei sein breiter Daumen auf die strahlende Darbietung weiblichen Fleisches wies. «Alle nackt», kicherte er schwachsinnig. «Ganz ohne Kleider … Magst du sie nicht, Clarence?» –

Es war gut, für eine Weile allein zu sein. Zum ersten Mal, seit ich in Mr. Prokoffs Haus gekommen war, machte mir die Einsamkeit meines Zimmers nichts aus. Erst als Mitternacht vorüber war, begann ich, leicht nervös zu werden. Was mochte mit Speed passiert sein? – Ein Uhr – zwei – halb drei – und kein Speed. – Nicht, daß ich wirklich beunruhigt gewesen wäre. Ich kannte immerhin sein seltsames Verhalten schon. Vielleicht hatte er sich mit einem Kumpel betrunken oder seine Schwester getroffen. An Lucy dachte ich auch, als ich schließlich zu Bett ging. Würde ich sie jemals sehen? …

Es war spät am folgenden Nachmittag, als Speed endlich auftauchte. Er sah bleich und ernst aus, und ausnehmend hübsch.

Seine Gesichtsfarbe hatte einen Perlmuttschimmer, um seine hellen, schmalen Augen lagen Farbringe. Er lächelte gequält und war ganz niedergeschlagen, als er mich um ein Glas Milch bat.

Seine Geschichte war rührend, obgleich ein wenig konfus. Es hatte eine Razzia in Harlem gegeben, dort, wo er normalerweise den «Tee» kaufte. Er hatte zu fliehen versucht, vergeblich. Sie faßten ihn, als er gerade den berüchtigten Stoff schlucken wollte. Die peinlich genaue Überprüfung auf der Polizeistation dauerte mehr als fünf Stunden. Es war höllisch, wie die ganzen Bullen und Kommissare auf ihn einschrieen, ihn unbarmherzig ohrfeigten und mit allen möglichen heimtückischen Fragen marterten. War er ein Drogensüchtiger? Wer hatte ihn geschickt, den Stoff zu kaufen? Hatte er gewohnheitsmäßigen Umgang mit Kokain und auch Morphium? War er Mitglied einer Geheimorganisation? Wer hatte ihm das Geld gegeben, das sie bei ihm gefunden hatten? – Sie versprachen ihm Zigaretten und Schnaps, sogar Marihuana, wenn er nur den Namen des Großen Unbekannten nannte – seinen geheimnisvollen Auftraggeber. – «Und das bist *du*, Clarence!» Er wies in einem plötzlichen Lachausbruch auf mich. «*Du* bist der Geheimnisvolle!»

Dann wurde er wieder ernst, fast feierlich. «Aber ich würde es ihnen nicht sagen», versicherte er mit treuherziger Entschlossenheit. «Ich würde dich da nie reinreißen, Clarence –, ehrlich, das würde ich niemals. Du bist mein Freund, und ich will nicht, daß du in diesem Dreck landest. Das wäre ziemlich schlimm für einen Ausländer – sagte mir Lucy. Es würde *sehr* schlimm ausgehen, sagt Lucy …»

Ich mochte diesen drohenden Ton überhaupt nicht, mit dem er seine letzte Bemerkung hervorhob. Es klang wohl reichlich irritiert, als ich zu ihm sagte, daß ich nicht ganz verstanden hätte, wovon er eigentlich spreche; denn ich hätte doch im Grunde nichts mit der ganzen Sache zu tun und niemals Stoff gekauft. – «Es ist schlimm genug, daß du ihn überhaupt *geraucht* hast», entgegnete er mit einem schiefen Grinsen, und dann fuhr er fort, mir zu erzählen, daß seine tüchtige Schwester ihn gegen eine Kaution freigekauft habe – genauer gesagt, daß sie ihren Freund dazu gebracht habe, das zu erledigen. Speed war entlassen worden auf sein Ehrenwort hin, daß er sich am kommenden Morgen einem Sondergericht stellen würde.

Ich gab ihm mein schönstes Hemd, eine Krawatte und ein paar Socken, damit er bei dieser wichtigen Angelegenheit anständig aussähe. «Mach dir keine Sorgen», sagte ich hilflos. «Alles wird in Ordnung gehen.» – Er lächelte bloß, matt und traurig: «Klar doch, Clarence: Ich hoffe es ...» – Er war voller Selbstmitleid und ehrenwerter Absichten. In dieser Nacht würde er früh ins Bett gehen, in der Wohnung seiner Schwester. Sie würde ihn zum Gericht begleiten, wo sein Fall für acht Uhr angesetzt war. Und am Mittag, wenn alles vorbei war, würden wir ein entzückendes Mittagessen einnehmen, alle zusammen – Lucy, Jim, er und ich.

Er wollte gerade gehen, als Jim erschien – finster und mürrisch. Wo Speed gewesen sei, die ganze Zeit? – fragte er verärgert. «Mich alleine zu lassen in dieser besch... Stadt!» – Seine dumpfe, jammernde Stimme klang unmenschlicher denn je. – «Er ist hilflos wie ein Baby – nicht wahr?» stellte Speed mit einer Art zärtlicher Befriedigung fest; dann stürzte er sich in eine absurde Geschichte über «irgendeinen widerlichen Kerl», der ihm einen Job versprochen hätte und ihn dann die ganze Nacht aus reiner Bosheit hätte warten lassen –: «Du weißt ja, wie sie sind, die Dreckskerle ...»

Bevor sie gingen, Arm in Arm, fragte mich Speed, mit eigenartig boshaftem Grinsen: «Man sollte es kaum glauben, daß wir Vettern sind – he? Schauen uns nicht ähnlich, Jim und ich. Denkst du, er gereicht mir zur Ehre, Clarence?»

Er lachte lang und herzhaft, dann erklärte er seinem Cousin:

«Vor ein paar Wochen hat er nicht verstanden, was ich meinte, als ich ihn dasselbe über Lucy fragte. Er ist eben ein Fremder, wie du siehst, und es gibt eine Menge Wörter, die er nicht versteht. Ich habe ihm einiges beigebracht, aber es gibt vieles, wovon er noch nie gehört hat. Was ist er doch für eine komische kleine Nummer! Er tut mir richtig gut ...»

Ich erwartete nicht, ihn vor dem nächsten Mittag wiederzusehen, wenn er von der Gerichtsverhandlung zurück sein mußte. Aber es war halb drei am Morgen, und ich lag im Tiefschlaf, als mich der grelle Ton der Türklingel weckte. Ich fühlte etwas wie einen scharfen Schmerz im Magen, und mein Herz setzte für einen Schlag aus. Ich *wußte* natürlich, daß es Speed war, der klingelte, lauter und lauter – und ich fühlte, daß etwas

Furchtbares geschehen würde. Doch ich rührte mich nicht – so, als könnte ich das herannahende Unglück bannen, indem ich mich nicht bewegte, mich versteckte, mich ruhig verhielt.

Schließlich hörte ich, wie die Haustüre aufflog – und das Heulen des Sturms von draußen ... Was für eine Nacht! – eisig kalt, unheilvoll und stürmisch, mit starkem Schneefall. Ich hatte schon einige Stunden, bevor ich zu Bett gegangen war, bemerkt, daß ekelhaftes Wetter herrschte. Aber ich erkannte erst jetzt, wie miserabel es wirklich war, als ich in meinem Morgenmantel nach unten eilte, um herauszufinden, was los war.

Die Haustüre stand weit offen. Der tobende Sturm wehte haufenweise Schnee in den Hausflur. Die Straße schien in eine Eis-Wildnis verwandelt – eine Polarlandschaft, erstarrt und zugleich prunkvoll verschönert durch diese gewaltigen Massen von bleichem, flockigem Stoff. Gegen diesen verblüffenden Hintergrund aus wehendem Weiß hoben sich die beiden schwarzen Silhouetten von Speed und Jim ab, die sich in verzweifelter Zärtlichkeit aneinanderklammerten: beide torkelnd gegen die Wand gelehnt – beide kurz vor dem Umfallen. Einige Schritte von ihnen entfernt, mitten im Hausflur, stand Mr. Prokoff, in einem abgetragenen Pyjama aus Brokatstoff – dem merkwürdigsten Pyjama, den ich je gesehen habe –; die Arme zu einer theatralischen Geste überschwenglicher Verzweiflung ausgebreitet, schimpfte, fluchte, klagte er: «Ach, mein Teppich, meine Vorhänge, mein Haus! Alles kaputt, versaut! – Mein anständiges Haus – *verwüstet* von diesen dreckigen Schuften! Unerhört, hierherzukommen – mitten in der Nacht, in diesem skandalösen Zustand! Eine *Unverschämtheit!* ... Ach, alles voller Schnee! ... Meine Teppiche! Der gepflegte Parkettboden! – Was wird Anita sagen! ...» Er sah höchst mitleiderregend aus, wie er so da stand, einem monströsen Vogel gleich, der wild den Kopf bewegte und mit seinen langen flügelhaften Armen flatterte.

Ich flehte ihn an, sich zu beruhigen und sein Zimmer aufzusuchen. Aber er klagte weiter und schüttelte seine kraftlosen Fäuste. Erst als ich die Türe schloß, begann er sich schließlich zurückzuziehen. Er sah schrecklich alt aus, wie er langsam davonwankte und panische kleine Gesten gegen die zwei Eindringlinge machte, als ob sie böse Geister wären, die er zu vertreiben suchte.

Beide waren entsetzlich betrunken. Speed – sein Gesicht, hager und unrasiert, dampfte vor Schweiß – sah verdorbener und wilder aus als je zuvor, und was Jim anbetraf, so schien sein Äußeres noch beunruhigender. Sein Gesicht war blutüberströmt und entstellt von einer schauderhaften Wunde, die seine Oberlippe spaltete. Unaufhörlich rann Blut aus einem klaffenden Riß an seinem Hinterkopf. Es färbte seine Schläfe mit schmutzigem Purpur und hinterließ auf seiner Wange breite Streifen. Sein Mantel war von großen Blutflecken verunreinigt, und an seinen schweren Schuhen klebten aufgeweichter Schnee, Blut und Matsch, vermengt zu einem ekelhaften Brei. Als ich ihn an den Schultern rüttelte, spuckte er eine Menge Blut, und ich konnte sehen, daß einer seiner Zähne fehlte.

Hatte er gerade einen Mord begangen? War er selbst gefährlich verletzt? Er könnte sterben – jetzt, in diesem Haus und in diesem Flur – und ich würde verdächtigt werden, ihn getötet zu haben ... Zweifellos suchte ihn die Polizei: sie könnte ihn hier finden ... Was für ein Skandal! Welche Katastrophe!

Ich dachte an alles und an nichts. Ich frage mich, wie ich es fertiggebracht habe, die zwei taumelnden Trunkenbolde in den zweiten Stock hinaufzuschaffen. Ich wollte mein Zimmer erreichen – so verzweifelt, wie ein

Schiffbrüchiger nach einem schwimmenden Holzstück greift. Alles würde besser werden – glaubte ich –, das Schlimmste könnte verhindert werden, wenn es mir gelänge, meine zwei grauenhaften Gäste nach oben zu bringen.

Ich erinnere mich nicht, wie mir der entsetzliche Transport gelang; alles, was ich weiß, ist, daß die Szene noch schlimmer wurde, als wir schließlich mein Zimmer erreichten. Speed warf sich auf mein Bett, während Jim stöhnend auf das Sofa niedersank, seine Beine ausstreckte und seinen Oberkörper wie eine leblose, schwere Masse umkippen ließ. Ich bat ihn, seine Wunden zu säubern und seine schmutzigen Schuhe auszuziehen. Aber er schlug nur den Kopf vor und zurück wie ein Verrückter. «Kann mich nicht bewegen ... Kann nicht ...» stammelte er. «Fühl mich elend ... *Kaputt* – so fühle ich mich ...» Während ich noch versuchte, seinen schwankenden Kopf auf ein Kissen zu betten – und überlegte, wo ich ein Stück Watte finden könnte, um das aussickernde Blut abzuwischen –, befleckte Speed für seinen Teil mein Bett auf ganz unbeschreibliche Weise. Ich wollte ihm zu Hilfe eilen; aber Jims Faust, feucht und massig, hielt mich zurück, gnadenlos wie eine eiserne Klaue. Er zwang mich niederzuknien, bis mein Ohr in der äußerst unangenehmen Nähe seines Mundes war – dieses stammelnden, mit Blut gefüllten Mundes. Mir wurde ganz übel beim Anblick seiner dicken, plumpen Zunge, die sich, wie ein hilfloses, gräßliches Tier, mühsam in einem klebrigen Fluß von Blut und Speichel bewegte. Ich schauderte bei dem Gedanken, daß dieser entstellte Mund meine Stirn oder Schläfe berühren könnte, während er mir inbrünstig ins Ohr brummte: «Ich bin Speeds Vetter … bin ich, ehrlich … Glaubst du mir nicht, Clarence?» fragte er in einem plötzlichen Ausbruch von Mißtrauen. Dann beharrte er erneut mit einer Art winselnder Emphase: «Speeds Vetter – das bin ich … Speeds Vetter, von zu Hause …» – Zur selben Zeit kam ein anderes Flüstern von meinem besudelten Bett: es war Speed, der kicherte und stammelte: «Hat mir das gutgetan! … Mordsmäßig gut … Einfach das Tollste, was ich je erlebt habe …»

Ich werde es nie vergessen – niemals. In meiner Erinnerung ist alles lebendig, und alles wird bleiben –; die Dialogfetzen der beiden Stimmen – diese wenigen, schwachsinnigen Wörter, endlos wiederholt mit wahnsinniger Monotonie –; der ekelhafte Geruch, das Stöhnen, die schmerzverzerrten Gesichter der beiden Sünder – und das Blut ... Meine Hände, meine Kleider, die Möbel, der Teppich – alles von Blut befleckt; eine klebrige Blutpfütze bedeckte große Teile des Bodens – und wuchs ständig: nahe daran, den gesamten Raum zu überschwemmen.

Ich bin kein Held. Ich fürchtete mich zu Tode vor diesen wilden Burschen, die nun in ihrem eigenen Dreck schnarchten. Ich fand sie nicht lustig. Zweitausend von diesen Typen – stellte ich mir vor – waren in der Lage, eine Stadt zu zerstören; zwei Millionen – könnten einen Kontinent verheeren ...

Die beiden, Speed und Jim, hatten eine teuflische Fähigkeit bewiesen, mein Zimmer in ein stinkendes Chaos zu verwandeln.

Ich war ihr Gefangener – gefesselt durch meine Furcht vor diesen zwei jungen Ungeheuern, die aufwachen und ihr Zerstörungswerk fortsetzen könnten. – Wie quälend lang war die Nacht! Sie schien endlos ... Ich versuchte, mit einem Lappen und einem Fetzen Papier den Boden zu säubern, das Bett und das Sofa. Die beiden schliefen wie Säcke –: Jim lehnte noch in der Sofaecke – mit offenem Mund, die blutigen Hände über dem Bauch gefaltet, ein seltsam frommes Bild; Speed ruhte friedlich mitten im abscheulichsten Morast.

Nachdem ich die erniedrigende Arbeit beendet hatte, die darin bestand, die augenfälligsten Spuren der vandalischen Raserei zu beseitigen, sank ich – völlig erschöpft – in den Sessel, der in der Nähe des offenen Fensters stand. Es war eiskalt; aber als ich das Fenster schloß, wurde der Gestank unerträglich. So saß ich da, frierend, und starrte in den engen Hinterhof. Schneefall und Sturm hatten aufgehört. Es herrschte vollkommene Stille. Mit traumverlorener Aufmerksamkeit beobachtete ich das geheimnisvolle Spiel der Schatten, das die Höhlen und kleinen Schluchten des zusammensinkenden Schnees mit seinen vielfältigen, wechselnden Färbungen ausfüllte. Allmählich trat der fahle Schimmer der Morgendämmerung an die Stelle der nächtlichen Symphonie aus tiefem Blau, purpurnem Schwarz und melancholischem Grau.

Ich mußte etwas eingenickt sein, trotz der beißenden Kälte und der unbequemen Lage. Das Flüstern, das mich weckte, war das von zwei gerissenen Verschwörern. Sie hockten beieinander, Speed und Jim, auf meinem zerwühlten Bett. Jim hatte sein Gesicht gewaschen. Seine Wunde sah weniger gefährlich aus als noch vor wenigen Stunden. Seine Lippen waren böse geschwollen, und auf seiner

Wange zeigte sich eine häßliche Schramme. – Speeds weißes Gesicht schien gehärtet und gestrafft, so, als wäre er älter geworden und erfahrener durch die vielen bösen Taten während dieser schrecklichen Nacht. Seine Stimme klang seltsam dumpf und ausgedörrt – die Stimme eines Lügners, der von seinen eigenen Erfindungen gelangweilt oder sogar angeekelt ist –, als er mir, flüchtig und verschwommen, eine komplizierte und phantastische Geschichte von einer «Spelunke» erzählte, wo sie mit einigen Kerlen Karten gespielt hätten. Sie hätten wirklich Glück gehabt und eine Menge Geld gemacht, es sei ihnen aber prompt geraubt worden, und zwar von derselben Bande, die es zuvor an sie verloren hatte. Es hätte sehr böse ausgesehen –: vier mächtige Kerle hätten sie in einer dunklen Straßenecke angesprungen. Ein schrecklicher Kampf – das sei es wirklich gewesen. «Und die Bullen haben auch mitgemacht dabei», beendete Speed seinen Bericht geheimnisvoll.

«Und *warum* sind wir in diesen Schlamassel geraten?» fragte er mich nach einer theatralischen Pause. «Nur wegen *dir*, Clarence!» – «Bestimmt», beharrte er, als ich mit einer Geste des Erstaunens und des Protestes reagierte, – «Es ist *deine* Schuld, daß ich blau war und mit diesen Schweinehunden aneinandergeraten bin, und überhaupt das ganze Affentheater. Ich konnte nicht schlafen – ehrlich, ich konnte nicht –, weil ich immerzu an dich gedacht habe. Was wird mit dir passieren, wenn ich den Richtern erzähle, für wen ich den Tee gekauft habe? – Und wenn ich es ihnen nicht sage – was wird dann mit *mir* geschehen? Mann, ich *kenne* die Tricks, mit denen sie jeden zum Sprechen bringen. Sie schlagen mich zusammen, Tag und Nacht. Sie werden mich nicht schlafen lassen und mir Fragen stellen, Stunden um Stunden – bis ich den Verstand verliere und zusammenbreche und ihnen am Ende erzählen werde, was sie hören wollen.»

Das klang natürlich furchtbar. Ich wußte nicht, was ich sagen sollte. Aber da Speed gnadenlos schwieg, mußte irgend etwas gesagt werden. So murmelte ich schließlich: «Was wirst du jetzt tun?»

Speed zuckte die Schultern, spitzte seine Lippen, als ob er pfeifen wolle, und erklärte dann, beiläufig und doch bestimmt: «Es gibt nur *eins* zu tun. Ich muß die Stadt verlassen. Das ist alles.»

Die Stadt verlassen? – Ich war ziemlich verblüfft. Würden sie ihn nicht genausogut in einem anderen Staat fangen? Und was war mit der Kaution, die seine Schwester bezahlt hatte?

Er erläuterte – immer auf diese merkwürdig distanzierte, geschäftsmäßige Art –, daß alles berücksichtigt und bestens arrangiert sei. Er hätte beschlossen, nach North Carolina zurückzukehren, mit seinem Vetter Jim. Lucy hätte dieser einzig vernünftigen Lösung zugestimmt. Sie würde kein Geld verlieren – nicht *Lucy*! Ihre ausgezeichneten Verbindungen zu gewissen großen Tieren im Polizeihauptquartier schützten sie gegen jede Gefahr und jeden Verlust. «Wir brauchen nur zu verschwinden, Jim und ich – und alles ist in Ordnung», schloß er und sah dabei gefaßt und bitter aus.

Alles, was er brauchte, waren fünfzig Dollar – für die Busfahrt und verschiedene andere Auslagen. Glücklicherweise hatte ich gerade Geld, weil es Monatsende und die Miete fällig war. Ich sehe noch Speeds Gesicht – blaß und konzentriert –, wie er das Geld zählte. Er hielt zwei Streichhölzer zwischen den Zähnen, die er nervös von einem Mundwinkel zum anderen schob – duftlose, winzige Blüten, verdorrt von der Hitze seiner gierigen Lippen.

Er rief die Busgesellschaft an – der Bus fuhr in ungefähr einer Stunde – und dann seine

Schwester Lucy. Der Abschied war erstaunlich kurz und schmerzlos. «Auf Wiedersehn, meine Liebe. Bleib gesund. Ich werd dir schreiben.»

Als er die merkwürdige Unterhaltung beendet hatte, fragte ich ihn unvermittelt – und ich wunderte mich sofort, warum ich es tat –: «Hast du keine Angst vor dem Jüngsten Gericht, Speed?»

Sein Gesicht wurde kalkweiß – wie erleuchtet, für einige atemberaubende Augenblicke, durch den Widerschein einer mächtigen, weißen Flamme. Zugleich lächelte er – ein schmerzliches, verzerrtes Lächeln. Dann sagte er, sehr kurz und ohne mich anzuschauen: «Du weißt nicht, wovon du redest.»

Für eine Weile schwiegen wir alle drei. Schließlich machte Speed eine ungeduldige Bewegung, als wolle er etwas beiseite wischen – einen Schatten oder eine Eingebung, die er störend fand. – «Ich denke, ich sollte meine Sachen packen», sagte er, während er ziellos durch den Raum wanderte.

Aber es gab nichts zu packen.

Inzwischen bürstete Jim geschäftig seine Kleidung. Als er entdeckte, wie schmutzig sein Mantel war, brach er in ein Klagegeschrei aus: «Wie kannst du mich nur in so einem dreckigen Zeug reisen lassen?» – Seine lauten Vorhaltungen schienen Speed auf die Nerven zu gehen. – «Sei still!» schrie Speed und wirkte dabei plötzlich außerordentlich nervös; dann erklärte er, wieder ruhig, mit verletzender Gleichgültigkeit: «Er wird dir *seinen* Mantel geben, nicht wahr, Clarence?» Als ich zögerte, fuhr er mit erschrekkender Liebenswürdigkeit fort: «*Natürlich* wirst du, du kannst dir einen neuen leisten, oder nicht? Du willst doch nicht, daß sich mein Cousin erkältet...»

Ich nahm meinen Mantel aus dem Schrank. Es war ein schönes, gediegenes Stück, mit Seide gefüttert, sehr bequem und warm. Anna hatte ihn für mich gekauft, in Wien, vor vielen Jahren. – «Hier ist er», sagte ich. Jim betastete das gute Material mit einem zufriedenen Grinsen: «Modisches Zeug – nicht wahr?»

«Ist schon gut», sagte Speed voller Ungeduld.

Schließlich gingen sie. «Adieu», murmelte Speed, hastig und irgendwie verschämt. «Halt die Ohren steif.»

An der Tür blieb er stehen und zögerte einen Moment. Dann drehte er mit einer scheuen und anmutigen Bewegung den Kopf und sagte schnell:

«Sei mir nicht böse, Karl.»

Es war das erste Mal, daß er mich mit meinem richtigen Namen ansprach. Es klang merkwürdig und rührend, wie er ihn aussprach – langsam und vorsichtig, als wäre er etwas Kostbares, das er nicht verletzen wollte.

Draußen schneite es wieder. Ich dachte an Speed, der keinen Mantel hatte. Ich hätte ihm den Mantel geben sollen, wenn ich ihn schon verschenken mußte ... Aber Speed braucht wohl keinen Mantel.

Allein. So war ich wieder allein. Allein mit dem Gestank, dem dunklen Zimmer, den vertrauten Erinnerungen ... Ein abgetragener Mantel, blutverschmiert, und der vulgäre Glanz von Miss Lucys Bild – das sind die armseligen Trophäen meines Abenteuers.

Innerlich fühlte ich eine Leere – die mich traurig machte und zugleich erleichterte. Das seltsame Zwischenspiel war vorbei ...

So dachte ich. Aber ich bemerkte meinen Irrtum, als zwei Tage später das Telefon klingelte und ich Jims bellende Stimme vernahm. «Ich spreche von Washington, D. C.», erklärte er feierlich, als ob er eine geheime Botschaft vom Weißen Haus auszurichten habe. Es hätte keinen Bus gegeben an dem Tag, als sie New York verließen, erklärte er in seiner unangenehm pedantischen Art –: die Busse fuhren nicht wegen des heftigen Schneefalls. So reisten sie mit dem Zug – was viel teurer war. Das Geld, das ich ihnen überlassen hatte, reichte nur für die Fahrt nach Washington – so Jims ausführlicher Bericht. Wie auch immer, eine entzückende Überraschung hatte auf die beiden nach ihrer Ankunft in der Hauptstadt noch gewartet. Miss Lucy in all ihrer Pracht –: sie war per Flugzeug nach Washington geeilt, wild entschlossen, ihren ungezogenen Bruder nach New York zurückzuholen. Denn ihre schlaue Intrige mit dem hohen Tier bei der Polizei war ein völliger Fehlschlag; die Kaution, die ihr Freund bezahlt hatte, wäre verloren, wenn sich Speed nicht ohne Verzögerung der Justiz stellen würde. Speed folgte seiner Schwester und saß nun in einem New Yorker Gefängnis – während Jim in Washington nicht wußte, was er tun sollte, ohne einen Penny und unerfahren, wie er war. Fünfundzwanzig Eier, meinte er, würden ausreichen, um den Rest seiner Reise zu bezahlen.

Ich fragte ihn, wohin ich das Geld schicken sollte – woraufhin er ziemlich ausweichend antwortete. Ich sollte es Lucy geben, sagte er; dann änderte er plötzlich seine Ansicht und erklärte, er würde per Anhalter nach New York zurückfahren. – «Du wirst morgen von mir hören», versprach er, bevor er das Gespräch beendete.

Es dauerte gerade zwei Stunden, bis er wieder anrief. «Hier bin ich», sagte er vergnügt. «Wohlbehalten wieder in New York.» Erst in diesem Moment durchschaute ich den offensichtlichen Betrug. Das Telefongespräch war aus Brooklyn oder der Bronx gekommen – nicht aus Washington. Weder er noch Speed hatten New York jemals verlassen. Die ganze Geschichte vom Schnee, den Bussen, Lucys Überraschungsaktion, Speeds Verhaftung war von vorne bis hinten die unverschämteste Lüge. – Dies ging endgültig zu weit. Zum ersten Mal verlor ich die Beherrschung; ich schrie Jim durchs Telefon an und sagte ihm, er solle sich zum Teufel scheren. Er blieb sehr ruhig, seltsam kalt und überlegen. – «Worüber regst du dich auf? Natürlich – ich war nicht in Washington. Hab ich das jemals behauptet? Ich muß blau gewesen sein, das ist alles. Aber Speed ist *wirklich* verhaftet – ob du's glaubst oder nicht. Und ich denke, du solltest dich um ihn kümmern. Ich meine es ernst, du solltest es tun – *in Ihrem eigenen Interesse, Mr. Kroll*», schloß er mit unheilvollem Nachdruck.

Er sprach wesentlich flüssiger als früher: seine Stimme klang intelligenter und überzeugender. Ich war völlig verunsichert. Stimmte es etwa doch, daß sie Speed verhaftet hatten – hier oder in Washington, oder wo auch immer? Er wurde verfolgt, vielleicht nicht nur wegen der Marihuana-Geschichte, sondern auch und hauptsächlich in Verbindung mit dem blutigen Zwischenfall, der passierte, bevor sie in mein Haus gekommen waren. Es war nicht unmöglich – sogar sehr wahrscheinlich, daß ich gefährlicher in die elende Angelegenheit verwickelt war, als ich zuerst angenommen hatte ... Ich überlegte, einen Anwalt anzurufen; aber bevor ich eine Entscheidung gefällt hatte, klingelt es an der Tür: es war Jim. Ich erkannte ihn zuerst kaum. Er hatte eine erstaunliche Veränderung durchgemacht, nicht nur, weil er einen neuen grauen Hut und einen guten, hellbraunen Mantel trug, sondern durch etwas viel Persönlicheres und Geheimnisvolleres. Sein neues Auftreten zeigte eine gewisse lässige Eleganz, weltmännisch und aggressiv zugleich. Es war beunruhigend – so als habe er endlich eine lästige Verkleidung abgeworfen.

«Hallo, Mr. Kroll», grinste er und winkte aufgeräumt mit der großen, behandschuhten Pranke. «Schön, Sie wiederzusehen.»

Ich sagte: «Was wollen Sie?»

«Speed sitzt im Gefängnis», bemerkte er mit diskret gesenkter Stimme.

«Das sagten Sie bereits. Ich fürchte, daß ich daran nichts ändern kann.»

«*Meinen* Sie *wirklich?*» – Er tat ernsthaft überrascht; dann beobachtete er mich eine Weile und schaute dabei unter schweren Lidern hervor. Mir wurde recht unbehaglich zumute.

«Zu dumm.» Er zündete sich eine Zigarette an und schüttelte mit aufrichtigem Bedauern den Kopf. «Zu dumm für *Sie*, Mr. Kroll. Ich nehme an, Sie wissen, daß Sie da in eine unangenehme Geschichte verwickelt sind. Immerhin mußte der arme kleine Speed das Rauschgift für *Sie* kaufen ...»

«Was wollen Sie, daß ich tue?» fragte ich, heiser vor Furcht und Entsetzen.

«Es ist sehr einfach», sagte er, so verbindlich wie möglich. «Dreihundert Dollar – das ist alles.»

«Ich verstehe wohl nicht recht ...»

«Sie sind ein bißchen langsam, Mr. Kroll.» Er lächelte mich mit einer höchst anstößigen Höflichkeit an. «Ich brauche das Geld, um einige meiner Freunde unter den Polizisten zu schmieren. Was übrigbleibt, reicht gerade für unsere Fahrt nach Kuba.»

«Ich hab das Geld nicht.»

Er zuckte die Achseln. «Das bedeutet Zuchthaus für Sie, Mr. Kroll. Tut mir schrecklich leid.»

«Erpressung», ich schnappte nach Luft. «Nun *weiß* ich endlich, was Sie für einer sind. Das ist ein eindeutiger Erpressungsversuch. Ganz offenkundig ...»

«Sie beruhigen sich besser, Mr. Kroll», schlug er vor. «Sie reden Blödsinn, und Sie *wissen* es. *Erpressung!* Was für ein dummes Wort!» Er lachte kurz und näselnd, dann wurde er sehr eindringlich, wie ein wohlmeinender Mann, der den letzten Versuch unternimmt, seinen Freund von einem verhängnisvollen Fehler abzuhalten. «Dreihundert Eier! Das ist doch *gar nichts*, Mr. Kroll – wenn man an den Ernst Ihrer Lage denkt. Sie haben wohl noch immer nicht begriffen, wie streng sie in diesem Land sind, wenn es um illegalen Drogenhandel geht. Und erst, wenn die betreffende Person *Ausländer* ist! – Meine Güte – das macht es noch schlimmer! Was aber allem die Krone aufsetzt», fügte er mit schrecklicher Sanftheit hinzu, als wolle er mir das Schlimmste auf zarte, rücksichtsvolle Weise beibringen, «Speed ist noch ein Kind: gerade neunzehn – nach unseren Gesetzen ist er ein Minderjähriger. Ich hörte es mit eigenen Ohren, wie Sie ihn überredeten, nach Harlem zu gehen, um Stoff für Sie zu besorgen. Denken Sie, ich hätte es nicht gehört, als Sie es ihm zuflüsterten während der Show an jenem Abend? ‹Geh nach Harlem!› sagten Sie, und ich konnte sehen, wie gierig Sie waren, Ihr Rauschgift so schnell wie möglich zu bekommen. ‹Geh nach Harlem, Speed!› Aber er wollte zuerst nicht. Der arme Junge! – Ihm gefiel die Show. So drängten Sie ihn, *Geh, geh!* – bis er schließlich ging. Das ist ein klarer Fall von Verführung ...»

Seine phantastische Unverschämtheit ließ mich zuerst erstarren, dann brüllte ich vor Wut. Ich bin sicher, daß meine Stimme zum Fürchten klang, als ich ihn anschrie, *«Drekkiger Lügner!»* – und *«Verschwinde!»* – Er zeigte keinen Widerstand – nur ein heimtükkisches Grinsen, ein gemurmeltes «Okay, Chef» – und dann war er draußen und ließ eine Luft zurück, die verpestet war von abscheulichen Lügen und dem billigen Parfum, das er für seine neue Zuhälter-Rolle verwendete.

Ich rief einen Anwalt an, den ich auf dem Schiff kennengelernt hatte, als ich aus Europa kam. Er war nicht da. Sie sind immer gerade dann nicht in der Stadt, wenn du sie brauchst. Als Mr. Prokoff den Raum betrat – leise, widerstrebend, mit einem entschuldigenden Grinsen – fand er mich in einem Zustand völliger Verzweiflung, auf dem Bett liegend, weinend wie ein verlassenes Kind.

Ich brauchte ihm nicht viel zu erklären. Er wußte, daß ich in Schwierigkeiten war –: hatte es schon die ganze Zeit gewußt. Er sprach mit Nachsicht und Verständnis. «Wir machen alle Fehler», räumte er ein. «Ich *weiß* ja, was es bedeutet, in der Klemme zu sitzen! Als der Marquis de la Silvaplotta meine Unterschrift auf den Schecks gefälscht hatte und Anita einen hysterischen Anfall bekam, weil ich zur Polizei gehen wollte ...» Er lachte vergnügt in sich hinein, angeregt durch seine Erinnerungen; dann wurde er wieder ernst und versprach mir, daß er sich schon um diese verfluchten Kerle «kümmern» werde, wenn sie es wagten, sich wieder blicken zu lassen.

Wir brauchten nicht lange zu warten. Diesmal erschien Jim in Begleitung eines Fremden – «eine Art schmieriger Zuhälter», nach Mr. Prokoffs Beschreibung –, und bei dieser Gelegenheit präsentierten sie, wenn auch nur für einen kurzen Augenblick, dieses geheimnisvolle Dokument. Ich sollte vor Gericht auftreten, als Entlastungszeuge für Speed. Er habe, berichteten sie, versucht, in seiner Zelle Selbstmord zu begehen. Ich sei die einzige Person, die fähig und verpflichtet sei, ihn zu retten. Aber Mr. Prokoff blieb von ihrem dramatischen Bericht unberührt. Er bestand darauf, daß ich vor einer Stunde das Haus verlassen hätte – und daß er keine Ahnung habe, wohin ich gegangen und wann ich zurück sei.

Das passierte gegen neun Uhr. Seit dieser Zeit halte ich mich hier in diesem Loch versteckt. Ich glaube kaum, daß Speeds Zelle schlimmer sein kann ... Hat er wirklich versucht, sich zu töten? ... Ich frage mich ... Wenn es wahr ist – und warum sollte es am Ende *nicht* wahr sein? – dann bin ich verantwortlich – dann bin ich der Schuldige; dann bin ich der Mörder ...

Das ist Wahnsinn ... Ich werde wahnsinnig ...

Speed ist nicht im Gefängnis – *natürlich* nicht. Jim ist ein hartgesottener Gauner: mein Freund Prokoff hatte recht, ihn so zu behandeln. Es ist alles ein Haufen faustdicker Lügen – nichts anderes. Die sogenannte Vollmacht ist eine Fälschung. Sie wollten mich nur erschrecken – oder mich entführen. Vielleicht denken sie, ich hätte reiche Freunde, wohlhabende Verwandte, die, um mein Leben zu retten, ein Vermögen zahlen würden.

Jim ist gar nicht Speeds Cousin: deshalb macht er ihm keine Ehre ... Was für ein Narr war ich, dies nicht sofort bemerkt zu haben! Und Lucy? Vielleicht ist sie Jims Geliebte ... Jim – der berüchtigte Freund von Speeds Schwester ...: noch so ein Witz – und ein guter obendrein! Die Frage bleibt, ob Lucy wirklich Speeds Schwester ist. Hat er auch gelogen, als er mir erzählte, wie sehr er sie liebe und daß sie sein ein und alles sei ... Es ist unmöglich. Nein, nein – da log er nicht. Er hat nicht *immer* gelogen. Manchmal sprach er die Wahrheit. Manchmal war seine Stimme so, daß sie die Aufrichtigkeit seiner Worte *bewies*.

Er ist nicht völlig schlecht. Jim – vielleicht; aber Speed nicht. Wild und kindisch – ja; aber nicht von Grund auf schlecht ... Erst als Jim auftauchte, hat er sich zu seinem Nachteil verwandelt. Es muß eine ganze Bande ihn beeinflußt, ihn als Werkzeug benutzt haben. Natürlich, da sind Jim und Lucy ... Vielleicht ist sie so etwas wie die geheime Drahtzieherin der Bande, die den Jungs die Befehle erteilt, die dann alles machen, was sie will: denn sie sind natürlich alle in sie verliebt – *alle*: sogar Speed ...

Ich gerate hoffnungslos auf Abwege in diesem Irrgarten schmutziger Geheimnisse. Die Erde bebt…: alles schwankt, zittert, fällt zusammen. Und ich stürze mit, torkle auf unsicherem Boden…

Speed und Lucy – Arm in Arm, ein blutschänderisches Paar – in einem atemberaubenden Tempo über eine schimmernde Eisfläche dahingleitend – entzückt von ihrer eigenen, triumphierenden Geschicklichkeit, begeistert Kunststücke vorführend und Kapriolen schlagend… Welch unfaßbarer Anblick! Wie empörend! Wie bezaubernd!… Das verdorbene Kind und die verkommene Prinzessin – vereint in einer zitternden Pose theatralischer Verzauberung, wie zwei Trapezkünstler, die in unglaublichen Höhen arbeiten; abwechselnd liebkost und gnadenlos angestrahlt von den langen, leuchtenden Fingern gewaltiger Scheinwerfer; behende und wachsam, drollig und erhaben; kichernd, sich kabbelnd, flüsternd und einander belügend; angeregt von geheimnisvollen Drogen und dem bösartigen Überschwang ihres unhörbaren Gesprächs. Wie verheerend sind die Kabalen und die verbrecherischen Kindereien, die sie andauernd aushecken, dort oben, auf ihrem luftigen Spaziergang? Und wo liegen die Jagdgründe, in die sie sich jetzt zurückziehen? – sie schweben und steigen in einen reinen Himmel hinauf ... Könnte ich ihnen nur auf ihrer frevelhaften Kreuzfahrt über die Straßen der großen Stadt folgen, die wie Schneeschluchten aussehen – über die in Eispaläste verwandelten Wolkenkratzer! ... Wäre ich nur ebenso schwerelos, selig beflügelt wie sie!

Ich war ja genau so – so vogelgleich, losgelöst, als ich noch in der Gunst der kapriziösen Zauberin stand, Marihuana ... Das liegt weit zurück. Ich wurde wieder schwer – schwer wie ein Stein – wie ein menschlicher Körper ... Keine Chance mehr, Schritt zu halten mit dem verzauberten Paar. Ihre zerbrechlichen Gestalten beginnen schon undeutlich zu werden. Eine Minute noch – und sie werden verschwunden sein – aufgelöst in diesem bleichen Dunst ... Diese leeren und freien Punkte – schon weit entfernt, gestaltlos und nur schwach glänzend – das ist alles, was von ihren Gesichtern bleibt.

Oh, Annas Gesicht! Lucys Gesicht! Speeds Gesicht! Welches davon habe ich verloren? Welches hat mich allein gelassen? Ist es meine Frau? Mein Sohn? Die Schwester meines Sohnes? Ist es eine Frau, die ich liebte, ohne sie zu kennen? Das Mädchen, das mein Sohn «Liebling» nannte? Ein Fremder, der mich ausrauben wollte? – Oh, meine verunstaltete, meine gestaltlose Frau! Meine nie gesehene Geliebte, mein ungeratener Sohn – verschmolzen, alle drei, zu einer nicht aufzulösenden Einheit …

Aber *das hier* ist die Wirklichkeit. Die Haustür!

Ist es wieder Jim?

Stille – wie lange sie dauert! – Und jetzt Schritte …

Aber nicht die von Mr. Prokoff … Und dies ist nicht die Stimme von Speeds Cousin Jim.

Es ist Speed selbst. Und wer die Türe geöffnet hat, ist Anita Prokoff.

«Oh, Sie sind's, Mrs. Prokoff! Schön, Sie zu sehen …»

Speeds Stimme – sanft und ein bißchen heiser; gurrend in verantwortungsloser, zielloser Sinnlichkeit.

«Ich wollte eigentlich nach Clarence sehen –: er bat mich vorbeizuschauen …»

Er ist also nicht im Gefängnis, hat niemals daran gedacht, sich umzubringen …

«Aber es ist *viel* schöner, mit *Ihnen* zu plaudern, Mrs. Prokoff …»

Und sie – widerstrebend, und doch fiebernd vor Eifer, das Gespräch fortzusetzen –:

«Nun, Mr. Speed – mir scheint, es dürfte reichlich spät sein ...»

Speed – ganz leichtsinnige Galanterie –: «Was macht das schon, Mrs. Prokoff!»

Stille. Sie scheinen zu zögern – einander anzustarren; sich zu fragen, wie es weitergehen soll. Es ist Speed, der wieder zu reden beginnt.

«Ziemlich kalt hier draußen, nicht wahr.»

Sie stimmt zu und fragt voller Zärtlichkeit und Rücksicht: «Frieren Sie denn nicht, Mr. Speed? – ohne Hut und Mantel ...»

Nein, die Kälte macht ihm nichts aus – er spürt sie gar nicht. Dennoch hat er nichts gegen eine Tasse Tee einzuwenden – im Gegenteil:

«Danke, Mrs. Prokoff – das ist richtig nett von Ihnen! Ich hatte schon Angst, Sie könnten mir böse sein – weil ich bei Ihnen hereinschneie, um diese Zeit ... Sie sind so gut zu mir, Mrs. Prokoff ...»

Und beide kichern wieder.

Es ist, als ob ich sie sehen, sie durch die Wand beobachten könnte –: wie sie feixen und schnurren gleich zwei ungeheuren Katzen. Was für ein ausgefallenes Paar sie sind! – Die verwelkte Schöne und das verdorbene Kind ... Welch seltsame Pantomime führen sie auf! Sie – kokett trippelnd, trotz ihrer beträchtlichen Beleibtheit – lockt ihn unter ausgiebigem Zwinkern und Grinsen in die Küche; *er* – sehr geschmeidig in seinem abgetragenen Anzug, mit dem riesigen rosaroten Tuch in der Brusttasche – folgt ihr beschwingt und elastisch wie immer in seinen ausgebleichten spitzen Schuhen – jenen griechischen Sandalen im Zustand des bezaubernden Verfalls. Die Streichhölzer, diese verwelkten Blumen, scheinen zwischen seinen gierigen Lippen erneut zu erblühen.

«Sie sollten etwas essen, Mr. Speed ...» Das ist ihre flüsternde Stimme; dann kichert sie: «Ist ein verrückter Name, wenn man es bedenkt! *Speed* ... Ich kannte noch nie einen, der so heißt.»

Und er – mit heiserer, schmeichelnder Stimme, als wäre es eine Liebeserklärung –: «So einen wie mich hast du ohnehin noch nie kennengelernt ...»

Wie grotesk das Ganze! Wie schäbig! Wie absurd!

Wie ungeheuer komisch!

Es amüsiert mich: Ich muß lachen – ein großes, ausgelassenes Lachen strömt aus meinem Innersten.

Ich komme wieder zu Atem. Welche Erleichterung! – unbeschreiblich ... Ich bin *gerettet* – in diesem Moment gerettet vor

Schande und Untergang. Und es ist Mrs. Prokoff – unersättliche alte Haut! –, der ich meine endgültige Befreiung verdanke!

Mrs. Prokoff – meine Retterin! – Zum Schreien!

Die frühere Geliebte des Marquis de la Silvaplotta – Prokoffs arme, launische Ehefrau –, gefesselt, hereingelegt, hingerissen von Miss Lucys verdorbenem kleinen Bruder – meinem verlorenen Sohn!

Er wird mich völlig vergessen, seine gefährlich scherzhaften Intrigen – die Vorladungen, den «Tee», das Gefängnis, den Selbstmord und die Freunde seiner Schwester. Es gibt viele andere Dinge, die nun zu tun und zu bedenken sind.

Ihre Stimmen – dieser außerordentliche Dialog zwischen meiner Vermieterin und dem erpresserischen Burschen – entfernen sich. Sie müssen die Küche erreicht haben. Nun gießt sie heißen Tee in seine Tasse; bietet ihm ein Stück Kuchen an, «Ist selbstgemacht», bemerkt sie stolz. Und er ißt – gierig kauend und schluckend und dabei lächelnd.

Das tut mir gut – mordsmäßig gut!

Eine Woge wilder Heiterkeit schwemmt alle meine Befürchtungen hinweg, die Schatten einer fixen Idee, einer großen Sorge, dunkler Melancholie, die vertraute Versammlung gespenstischer Erinnerungen. Ich fühle mich, als sei ich von einer bösen Krankheit genesen: endlich entlassen aus stumpfer Knechtschaft; – gezeichnet, aber zugleich erfrischt und auf geheimnisvolle Weise gestärkt.

Was macht mich so überaus glücklich? Ist es, weil ich Speed gekannt habe? Oder weil ich ihn los bin?

Wie unberechenbar wir sind! Wie unergründlich! – Die Menschen untereinander, und jeder von uns sich selbst gegenüber. Man kann niemals sagen, was die Ursache für die große Mühsal in einem Menschenleben ist, noch kann man den Grund für eine überwältigende Freude erkennen. Es geschieht nun einmal. Und es ist großartig.

Es ist großartig, daß ich dieses Haus verlassen werde, mit all seinen trübseligen Gerüchen und den bedrückenden Geräuschen. Ich werde meinem guten Freund Prokoff auf Wiedersehen sagen. Ich könnte ihn bitten, Mrs. Prokoff herzlichst zu grüßen – und ihr zu danken.

Ich fange ein neues Leben an. Ich werde umherziehen und arbeiten und endlich vergessen, was ich zurückgelassen habe. Ich werde nicht mehr an Anna denken. Ich werde eine Frau finden und sie lieben. Vielleicht werde ich auch einen Sohn haben. Er wird nicht wie Speed sein, um Gottes willen, nein! Aber wenn er ihm ein ganz klein wenig «Ehre macht» – dann würde es mich nicht gerade stören ...

Du wirst überrascht sein, Speed, wenn du mich jemals wiedersiehst. Wo wird das sein? Und *wann*? Unter welchen Umständen?

Ich hoffe, daß auch du dann Fortschritte gemacht hast – und daß der kleine, boshafte Taugenichts schließlich doch zu einem *Mann* herangereift sein wird. Es wird nicht leicht sein, Speed – weder für dich noch für mich. Uns beiden wird noch eine Menge Ärger bevorstehen – manches Leid, manche Freude, Enttäuschungen und ewige Ungewißheit.

Wir werden einen Mordsspaß daran haben, nicht wahr.

Es fängt alles erst an.

Hennessy mit drei Sternen

Es macht keinen Spaß, allein beim Abendessen zu sitzen. Besonders in einem Restaurant kann man seine Mahlzeit ohne Gesellschaft nicht genießen, und es ist einigermaßen peinlich, den Gesprächen an anderen Tischen zuzuhören. Man will natürlich gar nicht mithören, aber man kann einfach nicht anders. Denn eigentümlicherweise ist selbst das oberflächlichste Gespräch zwischen zwei Leuten, die man vorher nie gesehen hat und die man niemals wiedersehen wird, irgendwie attraktiver als eine Zeitschrift oder eine Zeitung.

Man kann von einer Stimme gefangen sein, ehe man die Gelegenheit hat, einen ersten Blick auf das Gesicht zu werfen, zu dem die Stimme gehört. Jene Frauen zum Beispiel waren zuerst nur zwei Stimmen – die weiche Sprechweise einer gesetzten Dame und das durchdringende Flüstern einer jüngeren Frau.

Die ältere meinte in einem freundlichen Konversationston: «Du wirst die Dinge in

Boston viel weniger verändert finden als hier in New York.» Darauf die jüngere Stimme, mürrisch und schläfrig: «Ich finde nicht, daß sich New York sehr verändert hat, seit ich es zuletzt gesehen habe.»

«Elf Jahre sind eine lange Zeit», stellte die alte Stimme vielsagend fest. Und die junge: «Elf Jahre? Es scheint mir viel länger. Warte mal ... 1925 ... Im Jahr 25 ging ich nach Frankreich.»

«Genau», bestätigte die betagtere Tonlage und fügte mit zärtlicher Pedanterie hinzu: «Aber du bist seitdem zweimal hiergewesen ... Einmal im Jahr 28, und dann natürlich bei deiner Reise 29.»

«Warum sagst du ‹natürlich›?»

«Ich werde immer daran denken, wie deine arme Mutter starb.» Die sonore Stimme bebte in der traurigen Erinnerung und vor Mißbilligung über deren Mangel bei der Jüngeren.

Die hellere Stimme klang ziemlich ratlos, als sie hastig und ein wenig zu laut ausrief: «Natürlich, wie dumm von mir! Ich kam zur Beerdigung *gerade* zu spät ...» Ein abruptes, kleines Kichern, wie bei einem komischen Zwischenfall, war zu hören. Mir gefiel das Kichern nicht, und dann entstand urplötzlich eine Stille. Ich trank meinen Whiskey aus und drehte mich um. Die beiden Frauen saßen nahe bei mir. Ich konnte sie leicht betrachten, wenn ich den Kopf ein bißchen nach rechts drehte.

Die ältere Dame – stattlich, Mitte Sechzig – war ganz in Weiß gekleidet, was ihrer Erscheinung einen Hauch feierlicher Heiterkeit – etwas fast Priesterliches verlieh. Sie sah beneidenswert frisch und makellos aus. Das Lokal hatte keine Klimaanlage, und es war heiß draußen – einer jener Sommerabende in New York, an denen die ungeheuren Massen der aufgetürmten Steine die angesammelte Glut des Tages wie riesige Hochöfen abzugeben scheinen.

Die Dame sah würdevoll und ein wenig altmodisch aus; dagegen hatte ihre Begleiterin etwas Verblüffendes, fast Beängstigendes an sich. Ihr schwarzes Kostüm zum Beispiel war auf jeden Fall ein seltsames Kleidungsstück – vollkommen schmucklos und auffallend eng. Der geschmeidige Stoff stellte die reizvolle Zerbrechlichkeit ihres Körpers mit einer Art herben Schamlosigkeit zur Schau. Ihr kleiner Hut wirkte unerwartet frech – eine kecke Kappe aus hartem, glänzendem, fast metallischem Material: wie ein winziger Helm krönte er ihr beunruhigend bleiches Gesicht. Die Frau sah zugleich müde und aggressiv aus – halb erschöpfte Amazone, halb kämpferische Nonne.

Beide Frauen schienen völlig fehl am Platze in diesem billigen Restaurant voller lärmender und schwitzender Männer. Außerdem war es ziemlich spät – etwa halb elf, lange nach der normalen Abendessenszeit. Eine Gruppe Matrosen amüsierte sich an der Bar. Ihr wildes Gelächter übertönte alle anderen Stimmen. Gerade als die Ausgelassenheit der Matrosen ihren Höhepunkt erreichte, hörte ich die Stimme der jungen Frau wieder, und sie kämpfte mit verzweifelter Anstrengung gegen die Ausbrüche von solch überschäumender Freude. «Mein Gott», rief sie aus – und ich konnte sogar ohne hinzusehen erkennen, wie ein gezwungenes Lächeln ihre bleichen Lippen verzerrte. «Was sind wir doch fröhlich!» Sie schien außerordentlich irritiert.

«Sie sind jung», bemerkte entschuldigend die alte Dame. Und sie fügte mit leisem Vorwurf hinzu: «Ich hatte dich davor gewarnt, hierher zu gehen, Catherine. Das ist nicht der richtige Ort für dich. Es ist vulgär hier.»

Catherine erwiderte schnell und ärgerlich: «Jedenfalls ist es viel besser als in deinen sogenannten eleganten Restaurants.»

«Nun ja, ich dachte, du würdest französisches Essen bevorzugen – das ist alles.» Die alte Dame lächelte noch immer, war aber offensichtlich eine Spur verletzt.

«Französisches Essen – in New York!» fuhr Catherine voller Verachtung auf. Der Ton ihrer Stimme war beißend – in der Tat so abfällig, daß sogar die gutmütige Dame verunsichert schien. «Es tut mir leid, daß wir nicht in Paris sind», sagte sie ziemlich kühl. «Mir auch», schoß Catherine zurück.

Es entstand eine Stille – bedrückend und beängstigend.

Mir war nach einem weiteren Whiskey zumute. Aber der Kellner kam nicht, als ich ihn rief. Er war damit beschäftigt, die Bestellung der beiden Frauen aufzunehmen.

«Möchtest du keinen Nachtisch?» fragte die Ältere mit ihrer zärtlich besorgten Stimme.

«Nein, Tante Jane. Vielen, vielen Dank. Bloß keine Apfeltorte mit Käse.»

Und dann, ziemlich abrupt, mit einer scharfen Drehung des Kopfes zum Kellner hin: «Haben Sie Cognac da?»

Weil der Kellner nicht verstand, was gemeint war, erklärte ihm Tante Jane – ganz Nachsicht und mütterliche Würde: «Brandy, junger Mann! Die junge Dame möchte wissen, ob Sie Brandy haben.»

Er wurde rot und stammelte: «Wieso – ja – natürlich, Ma'am. Wir haben eine amerikanische Marke. Prima Zeug, sagt man.»

Catherine unterbrach ihn scharf: «Ich möchte einen Hennessy mit drei Sternen oder gar nichts.» Und die alte Dame fügte versöhnlich lächelnd hinzu: «Junger Mann, die Dame möchte einen *importierten* Brandy. Wären Sie wohl so liebenswürdig, den Barkeeper zu fragen, ob es noch französischen Brandy gibt.»

Der Kellner eilte zur Bar, beflügelt von dem Eifer, diese strenge und exotische Dame zufriedenzustellen.

«Hier bitte», strahlte er, immer noch nach Luft japsend, seine Stirn schweißnaß. «Und es ist ein echter importierter, die letzte Flasche. Jetzt gibt's keinen Hennessy mehr. No, Sir. Die Nazis besaufen sich dort drüben mit all dem französischen Champagner.» Er lachte plötzlich laut auf, überrascht von seinem eigenen Mut.

Catherine warf ihm einen ihrer schnellen, durchbohrenden Blicke zu. «Ça suffit», sagte sie mit eisiger Stimme.

Der riesenhafte Bursche war ziemlich eingeschüchtert. «Möchten Sie ein Pony?» fragte er mit einer steifen kleinen Verbeugung.

«Ein Pony?» Sie schien merkwürdig verärgert, sogar beleidigt von diesem Ausdruck, als ob er ein unschicklicher Antrag wäre.

«Freilich, wir servieren Drinks oder Ponys», versuchte er mit einem hilflosen Grinsen zu erklären. «Ein Pony ist ein kleiner Drink. Ein Drink ist ein doppeltes Pony.»

«Einen Drink also, würde ich sagen.» Catherine zuckte mit den Schultern; ihre Stimme bebte vor Verachtung und Ungeduld.

Als sie ihr Glas geleert hatte – das dauerte nur Sekunden – verlangte sie noch eins: «Aber kein Pony, wenn's recht ist!» warnte sie den Kellner etwas gnädiger.

«Ich komme aus Frankreich», bemerkte sie, während er die goldene Flüssigkeit in ihr Glas goß.

«Ja, Ma'am.»

«Ich liebe Hennessy», fuhr sie fort. «Auch mein Mann mochte ihn sehr. Es war seine Lieblingsmarke.»

Sinnende Zärtlichkeit lag in ihrer Stimme. Der Kellner wußte nicht, was er sagen sollte. Catherine erhob ihr Glas, wie zu einem feierlichen Trinkspruch. «Er ist tot», informierte sie den Kellner, immer mit diesem vagen, selbstvergessenen Lächeln. «Er war Pilot, wurde von den Boches getötet.»

«Ja, Ma'am.»

Sie hatte das Glas geleert.

«Noch einen», sagte sie sanft und sah sehr stolz und zugleich geistesabwesend aus.

Diesmal trank sie langsam. Sie schmeckte und genoß jeden Tropfen. Erst als sie ausgetrunken hatte, wandte sie sich wieder an Tante Jane. «Gaston mochte dieses Zeug wirklich sehr», sagte sie, als ob die alte Dame es bezweifelt hätte.

Tante Jane nickte milde: «Ich weiß.»

Aus irgendeinem Grund ärgerte diese harmlose Bemerkung die reizbare Nichte.

«Was ist daran verkehrt?» erwiderte Catherine schnippisch. «Alle Franzosen empfinden so. In der Tat tun dies die meisten zivilisierten Menschen», schloß sie kampfeslustig.

Wieder entstand ein eisiges Schweigen. Schließlich sagte Tante Jane: «Du bist heute abend in keiner sehr guten Stimmung, Catherine. Es tut mir leid. Glaubst du nicht, wir sollten lieber gehen?»

«Bitte nur noch *einen*!» bat Catherine und gab sich Mühe, wie ein verwöhntes, niedliches kleines Mädchen auszusehen. «Nur ein *winziges* Glas!» gurrte sie – während Tante Jane in stummer Resignation den Blick senkte.

Nach dieser neuerlichen Erfrischung wurde die junge Witwe wehmütig und erschreckend sanft.

«Du bist *so* süß und geduldig, Tantchen», seufzte sie und versuchte, die Hand der alten Dame zu ergreifen. «Bitte, sei mir nicht böse. *Bitte,* liebstes Tantchen, sag mir, daß du nicht böse bist!»

«Natürlich nicht.» Die alte Dame sah plötzlich sehr müde aus, wie erschöpft von einem langen, aussichtslosen Kampf.

«Warum sollte ich dir böse sein? Ich möchte nur gerne gehen, das ist alles.»

Ohne Tante Janes Bitte irgendwelche Aufmerksamkeit zu schenken, fuhr Catherine fort, sich mit unsicherer, jammernder Stimme selbst anzuklagen: «Ich *hasse* es, solch ein Langweiler zu sein! Glaubst du, ich *weiß* nicht, was für ein Langweiler ich bin? Wie ich dir auf die Nerven gehen muß! Ich mache einen solchen Narren aus mir!»

«Sei nicht albern», sagte die alte Dame. «Du gehst mir überhaupt nicht auf die Nerven. Aber es ist jammervoll anzusehen, wie du dich selbst quälst. Könntest du nicht versuchen, Paris und den Krieg und deinen armen Mann wenigstens für ein Stündchen zu vergessen?»

«Wie könnte ich diese Dinge jemals vergessen?» Catherine starrte mit weit aufgerissenen Augen ins Leere. «Sie sind mein ganzes Leben. Ich *will* sie nicht vergessen. Sie sind alles, was ich habe.»

«Aber jetzt bist du hier, Catherine!» erinnerte die alte Dame flehentlich. «*Dies* hier ist dein Leben, Catherine! Dies ist dein Land, deine Zukunft!»

«Ist das wirklich *mein* Land?» Es klang eher nachdenklich und bekümmert als bitter. Sie schien auf eine Antwort zu warten; aber während Tante Jane irgend etwas über die Notwendigkeit der Anpassung an die realen Anforderungen des Lebens murmelte, fuhr Catherine mit ihrem klagenden Monolog fort. «Hier in Amerika haben die Dinge kein Leben, keine Substanz. Sie riechen nicht, sie leiden nicht. Es gibt weder echte Freude noch echtes Drama, weil es keine Geschichte, keine Tradition gibt. Wenn man in Paris gelebt hat ...»

«Das reicht!» Die alte Dame nahm eine Haltung an, die keinen Widerspruch zuließ. «Ich möchte nichts mehr von Paris hören! Verstehst du mich, Catherine? Genug davon!»

Sie war durch ihren heftigen Ärger so abgelenkt, daß ihr sogar Catherines heimliche Verschwörung mit dem Kellner entging.

«Wie heißt du, mein Freund?» flüsterte Catherine. Er reagierte überrascht und geschmeichelt. «Carl», grinste er.

Er war schwedischer Abstammung, ein gutmütiger Bursche, groß und unbeholfen, mit einem glatten, gesunden Gesicht, und kam aus dem Mittleren Westen.

Nichts fände sie widersinniger – sagte Tante Jane – als die europäische Arroganz bestimmter Amerikaner, die einige Jahre «drüben» verbracht hätten. Sie fragte ihre Nichte, *was* denn ihrer Meinung nach an der französischen Niederlage und dem politischen System, das zu diesem beschämenden Zusammenbruch geführt hätte, so eindrucksvoll und bewundernswert gewesen sei.

Unterdessen hatte Carl verstanden, daß die Dame in Schwarz noch einen Drink wollte. Während er ihr Glas auffüllte, rief die alte Dame aus: «Schließlich ist es kein sehr erhebendes Schauspiel, was deine grande nation der Welt bietet. Nicht gerade das, was ich eine großartige Darbietung nennen würde!»

Catherine nippte an ihrem Cognac und blickte nachdenklich in ihr Glas.

«Wenn du recht hast», bemerkte sie endlich mit unheilverkündender Ruhe, «wenn das, was du sagst, richtig ist, Tante Jane –

und ich glaube, du *hast* recht, – dann ist Gaston umsonst gestorben.»

Es war ergreifend zu sehen, wie die alte Dame erblaßte und ihr Gesicht erstarrte. Sie war auf das peinlichste berührt. «Ich wollte deine Gefühle nicht verletzen, Catherine, Liebste», stammelte sie.

Ich fürchtete, sie würde in Tränen ausbrechen.

«Es ist schon gut», sagte Catherine ohne ein Lächeln. «Vergiß es.»

Sie leerte ihr Glas und fuhr dann fort: «Es ist nichts an dem auszusetzen, was du gerade gesagt hast. Glaubst du denn, ich wüßte all diese Dinge nicht? Manchmal fürchte ich, Gaston könnte sie auch gewußt haben ...»

Einen Moment lang bedeckte sie ihre Augen mit zitternder Hand, als ob sie eine unerträgliche Vision bannen wollte. «Was glaubst du denn, was mich derart verfolgt und quält?» fragte sie, und ihre Augenpartie war noch immer hinter dem zarten Gitter ihrer zitternden Finger verborgen. «Nicht, daß ich Gaston *verloren* habe. Ich war sehr glücklich mit ihm. Es konnte nicht von Dauer sein. Ich wußte immer, ich würde ihn verlieren. Er war Pilot, und er liebte seinen Beruf beinah so sehr, wie er mich liebte. Ich versuchte so mutig zu sein wie er. Ja, ich habe verzweifelt darum gekämpft ...»

Sie nahm die Hand von den Augen; sie starrten, vor Schreck geweitet, ins Leere. «Ich versuchte, tapfer zu sein», sagte sie. «Aber in Wirklichkeit war ich halbtot vor Angst – die ganzen Jahre. Jedesmal, wenn er fortging, war ich vor Furcht wie gelähmt. Ich frage mich, ob du dir vorstellen kannst, was ich durchgemacht habe, Tante Jane ... Als er diese verrückte Expedition nach Afrika unternahm und ich wochenlang nichts von ihm hörte – hast du eine Ahnung, was das bedeutet, Tante Jane?»

Es entstand eine kleine Pause. Die junge Frau in Trauer saß sehr aufrecht da: ihr Gesichtsausdruck hatte sich verändert. Was für eine seltsame Verwandlung hatte sich unter ihrem frechen und kriegerischen Hut vollzogen! Ein Glanz wie von einem weißen Blitz belebte ihre Züge. Ihr Lächeln strahlte vor Stolz, als sie fortfuhr:

«Aber als der Krieg kam, gab es keine Furcht mehr. Denn er *glaubte* an die Sache, für die er kämpfen sollte. Viele seiner Freunde glaubten nicht daran, aber *er* tat es, und ich tat es auch. Ja, wir beide glaubten an Frankreich – mit Leidenschaft, ohne Einschränkung. Wir waren felsenfest überzeugt, daß Frankreich kämpfen und siegen und die unterdrückten Völker Europas in eine bessere Zukunft führen würde. Manchmal überkamen mich Zweifel, aber ich war sicher, sie unterdrücken zu müssen, Gaston zuliebe. Erst als er tot war und ich seine Briefe hundertmal und immer wieder las, bis ich sie alle auswendig konnte; erst dann begann ich zu überlegen, ob er vielleicht dasselbe gedacht hatte, von denselben Zweifeln und Ahnungen geplagt worden war und sein Leben geopfert hatte – in dem Wissen, daß es vergebens war; und ob er ohne Hoffnung und Glauben und aller Illusionen beraubt gestorben war.»

«Armes Kind.» Tante Jane war äußerst bewegt. «Arme Catherine», sagte sie.

Die arme, kleine Catherine lachte kurz und näselnd auf: ein vernichtendes Lachen. Dann drehte sie mit einer wilden, herausfordernden Bewegung ihren Oberkörper. «*Garçon*», rief sie, und ihre Stimme war so schrill, daß sie sogar an diesem lärmenden Ort Aufmerksamkeit erregte. Die Leute fingen an, zu ihr hinzusehen und zu grinsen.

Sie wurde ärgerlich, da Carl sich in einer entlegenen Ecke des Restaurants herumdrückte.

«*Garçon! Est-ce que vous êtes sourd?*» schrie sie. «*Merde alors!*»

Woraufhin sich die alte Dame wie in einem krampfartigen Schmerz wand.

«*Catherine! Bitte!*» wimmerte sie. Aber ihre Nichte, ohne Beherrschung und gnadenlos wie ein ungezogenes Kind, wiederholte aus vollem Halse: «*Merde – merde – merde alors!*» – «Ich hoffe nur, daß hier niemand Französisch versteht!» seufzte Tante Jane.

Carl lächelte besorgt, als er die Flasche präsentierte – er tat es demütig und entschuldigend, so wie man einem launischen Tyrannen den fälligen Tribut zollt. «Noch ein Pony, Ma'am?» fragte er mit schwerfälliger Ironie.

Catherine sagte, die Stimme drohend gesenkt: «Geben Sie mir die Flasche.»

Er zögerte, grinste, wußte nicht, was er tun sollte. «Geben Sie mir die Flasche!» wiederholte sie und durchbohrte ihn mit mörderischen Blicken.

«Ja, aber ... Madam ...» stammelte er. «Wenn Sie noch einen Drink wünschen, meine Dame, wäre ich nur zu glücklich ...»

«Wie können Sie es *wagen*?» zischte Catherine, und ihr Gesicht war starr vor Wut.

«Catherine! *Bitte!*» Mit theatralischer Geste rang Tante Jane die Hände vor Catherines starrem Gesicht. «Laß uns gehen, Liebling! Bitte, mach keine Szene!»

«Ich werde keine Szene machen», erklärte die junge Witwe mit jener gezwungenen Würde, die bei Frauen typisch ist in dem Stadium der Trunkenheit, das dem totalen Zusammenbruch vorausgeht.

«Laß mich nur diese kleine Angelegenheit selbst erledigen. – Danke schön. Ich weiß das zu schätzen», fügte sie mit erfrorenem, abwesendem Lächeln hinzu.

«*Welche* Angelegenheit, um Gottes willen?» stöhnte die alte Dame.

«Dieser junge Mann hier versteht mich nur zu gut.»

Sie schleuderte tödliche Blicke.

«Er ist ein Spion», schloß sie sanft und mit furchterregender Freundlichkeit.

«Wie das? ... Meine Dame ...» Sein Mund stand weit offen. Er war vollkommen verblüfft.

«Streiten Sie es ab, junger Mann?» Sie verschränkte die Arme vor der Brust.

«Ich weiß nicht, wovon Sie reden», brachte er schließlich hervor.

«Tatsächlich?» Sie betonte jede Silbe ihrer rhetorischen Frage, während ihre gnadenlosen Augen sein puterrotes Gesicht durchforschten. «Ich werde dir sagen, was ich meine, du Schurke!» schrie sie in einem plötzlichen Ausbruch von Zorn. «Dein

Name ist Carl, nicht wahr?» Sie sprang von ihrem Stuhl auf und ging drei Schritte auf ihn zu. «Nicht wahr?» wiederholte sie und schaute ihn aus bedrohlicher Nähe an.

Er nickte, es hatte ihm die Sprache verschlagen – woraufhin sie ein heiseres, triumphierendes Lachen hervorstieß. «Ein deutscher Name!» rief sie aus mit einer leichten Drehung des Kopfes, wie an ein imaginäres Publikum gewandt. «Genau, was ich vermutet habe. Der Fall ist nur zu klar», schloß sie mit einer zierlichen, aber ausdrucksstarken Geste. «Carl, der Kellner, ist schuldig der Aktivität in der Fünften Kolonne und des Hochverrats.» Sie machte eine steife, kleine Verbeugung, als erwiese sie einem Kriegsgericht die Ehre, das sie gerade von der Schuld des Angeklagten überzeugt hatte.

Dann gaben ihre Knie nach; sie schwankte. Carl stützte sie mit automatischer Höflichkeit und führte sie zu einem Stuhl. Sobald sie saß, gewann sie ihre drohende Haltung wieder. «Meine Flasche!» forderte sie, während die alte Dame wimmerte: «Cathie! Kind! Siehst du nicht, was du mir antust! Hör auf damit! *Bitte!* Ah! Der Skandal! Diese Schande!»

«Sei still!» unterbrach sie die junge Witwe, gnadenlos und grob. Erst dann fing

Tante Jane an zu weinen – lautlos und ohne ihr Gesicht zu verbergen. «Wir müssen morgen um sieben Uhr aufstehen», murmelte sie, während winzige Tränen wie Perlen die ausgedehnte Fläche ihres faltenreichen Gesichtes verzierten. «Erinnerst du dich nicht! Der Acht-Uhr-Zug! Unsere Verabredungen in Boston!»

«Meine Flasche!» wiederholte Catherine – und plötzlich schnappte sie Carl die Flasche weg, als er gerade einen plumpen Versuch machte, sie hinter seinem Rücken zu verstekken.

Sie hatte die Flasche; sie strahlte und triumphierte; sie liebkoste sie, schaukelte sie in ihrem Schoß wie ein geliebtes Baby nach einer langen Zeit der grausamen Trennung. «Mon chou!» flüsterte sie und drückte ihre Wangen und Lippen zärtlich gegen die kühle Biegung des bernsteinfarbenen Glases. «Mon chou – fleur! Ma petite bouteille!»

Als ihr Mund die runde Öffnung umschloß, entstand ein kleines, schmatzendes Geräusch. Sie nahm langsame, ausgiebige Schlucke aus der Flasche, die sie mit beiden Händen fast im rechten Winkel zu ihrem sich entspannenden Gesicht hielt.

Die Leute begannen, sich um sie zu sammeln. Gelächter und spöttischer Applaus begleiteten die erstaunliche Szene. Seeleute, Kellner und Mädchen weideten sich an Catherines Erniedrigung. «Sie hat jedenfalls einen guten Zug», bemerkte einer der Seeleute, und die ganze Meute wieherte vor Lachen. Ein Mädchen mit einem Gesicht wie eine grelle Maske sagte mit scharfer, gehässiger Stimme: «Die lustige Witwe. Ist sie nicht ein Herzchen!»

Mitten im allgemeinen Aufruhr hörte ich Tante Jane stöhnen: «Was für ein Skandal! Mein Gott! Wie kommen wir bloß hier raus! Oh, mein Gott!»

Genau in diesem Augenblick begann Catherine zu singen. Zuerst war es nur ein Summen; aber nach und nach wurde es stärker, als versuche sie, Tante Janes Jammertiraden zu übertönen.

Catherine sang mit einer seltsam farblosen Stimme – ihr Oberkörper bewegte sich im Rhythmus der Melodie:

«Valencia, tu es une fille étrange ...»

Ihr Gesicht blieb blaß und bewegungslos – erstarrt in einer Art kalten und wilden Ekstase.

«Savez-vous planter des choux – à la mode de chez nous ... à la mode, à la mode ...»

Einer der Seeleute konnte ein wenig Französisch. Sein kraftvoller Baß verschmolz mit

Catherines schrillem Sopran. Andere stimmten ein … Mädchen, Seeleute, Kellner.

«J'ai deux amours – mon pays et Paris …»

«Sie war schon immer anders …» Erstaunlicherweise sprach die alte Dame mit mir. Ihre Verzweiflung und ihr Entsetzen waren so groß, daß sie ihre vornehmen, zurückhaltenden Manieren, ihre neuenglische Würde vergaß. Ihre Augen weiteten sich vor Qual, sie plauderte mit einem Mann am nächsten Tisch – einem Mann, den sie niemals zuvor gesehen hatte: ein Fremder, der so taktlos gewesen war, ihre Unterhaltung mit anzuhören – und Pechvogel genug, um Zeuge des makabren Auftritts ihrer exzentrischen Nichte zu sein. «‹Catherine ist so anders›, pflegte meine arme Schwester zu mir zu sagen … Sie starb vor vielen Jahren, als Catherine schon im Ausland war … um Musik zu studieren … wie sie sagte …»

Tante Jane lachte bitter und zwinkerte mit den Augen, als ob sie andeuten wollte, die Musikstunden seien, ihrer Meinung nach, nichts anderes als ein plumper Vorwand zu allerhand losen und niedrigen Geschichten gewesen.

«Mais je l'aime! C'est mon homme!» Catherines Stimme klang schriller denn je; es war mehr Kreischen als Gesang zu nennen.

«He's my ma-an», wiederholte der Chor und dehnte das letzte Wort in einem Ausbruch sinnenfroher Begeisterung.

In der Zwischenzeit fuhr Tante Jane fort, mir verzweifelt zuzuflüstern: «Ich habe es von Anfang an mißbilligt ... Ein junges Mädchen – allein in Paris! Man bedenke nur die Versuchungen! Die lasterhaften Ausländer! ... Aber Catherine weigerte sich zurückzukommen ... Sagte, sie könne Amerika nicht aushalten. So ein Unsinn! Schließlich ist sie ein amerikanisches Mädchen. Warum sollte sie ihr Leben in den Cafés von Montparnasse verbringen und Hennessy und solche gräßlichen Sachen trinken? *Warum*, um alles in der Welt, sollte sie das tun?»

Die alte Dame machte eine dramatische Pause, als ob sie von mir eine Antwort erwartete. Aber ich wußte nicht, was ich sagen sollte, und zuckte nur die Achseln, während der donnernde Chor «It's a long way to Tipperary» anstimmte. Catherine hatte offensichtlich ihre Kraft wiedergewonnen. Jetzt sprang sie auf einen Stuhl, um aus erhöhter Position die singende Menge zu dirigieren. Tante Jane zog es vor, diese neue und höchst empörende Entwicklung zu ignorieren. Sie rückte ein bißchen näher an mich heran, beugte sich vor, seufzte und sprach, schluchzend und mit sorgenvoller Vertraulichkeit. «Und dann, diese Heirat!» sagte sie. «Eine Tochter von Patricia Ferguson – und irgendein kleiner, dahergelaufener Franzose! Stellen Sie sich das bloß vor!»

«We built a little home – just made for two ...» Aus Catherines Stimme klang wilder Jubel.

«Und dann noch ein Pilot!» Tante Jane schüttelte den Kopf: die Tatsache, daß Catherines französischer Ehemann Pilot gewesen war, schien ihr unfaßbarer als alles andere.

Das war jetzt die Marseillaise: Catherine sang sie allein – sie stand sehr aufrecht auf ihrer zerbrechlichen Plattform und schwang die leere Flasche wie eine Waffe oder wie ein Banner.

«Allons, enfants de la Patrie ...»

Als nur einige vereinzelt einstimmten, hielt sie inne und legte ihre Hand hinters Ohr, mit jener neckischen Geste, die typisch ist für gewisse bekannte Sänger, die gern wollen, daß ihre Zuhörer in den Refrain einstimmen. «Was ist los?» fragte die lustige Witwe mit falschem französischem Akzent. «Ich kann nichts hören!» Sie machte aufmunternde Gesten, wiederholte den Anfang der Hymne und unterbrach wieder – noch unzufrieden mit der Reaktion.

«Mais c'est honteux!» schimpfte sie. «Kriegst du denn den Mund nicht auf – du da? Fünfte Kolonne!»

Es war Carl, der Kellner, an den sie sich wandte. Er wurde rot und versuchte, sich hinter einem riesigen Seemann zu verstecken. Aber Catherine, fröhlich und unerbittlich, ließ nicht locker: sie nannte ihn einen Feigling, einen unartigen Jungen, und bestand darauf, er müsse singen. Die Menge schien sich über diese lustige Show zu amüsieren. Die Seeleute brüllten vor Lachen und stießen einander mit den Ellbogen an, um zu zeigen, wie sehr sie die Vorstellung genossen. «Sie ist in Ordnung», erklärten sie. Und andere sagten: «Sie ist verrückt» oder «Sie ist ein netter Kerl.» Eines der Mädchen fügte voller Anteilnahme und Anerkennung hinzu: «Sie ist sternhagelvoll.»

Zweifellos war Catherine ein beachtlicher Erfolg.

Von einigen farbigen Burschen, die in der Küche arbeiteten und von dem ansteigenden Lärm herbeigelockt wurden, kam die Melodie der Marseillaise zurück, während sie lachend Catherines kühne und dramatische Pose nachäfften. Ich bemerkte plötzlich eine Vielzahl neuer Gesichter in der bunt gemischten Menge: eine kleine Chinesin, zwei alte Männer mit langen, grauen Bärten, eine stämmige, schwere Frau, die sehr laut russisch mit einem kleinen, pausbäckigen Jungen sprach, einige amerikanische Soldaten Arm in Arm mit einer Gruppe britischer Seeleute, eine junge Dame in einem wunderbaren Abendkleid – auffällig gut aussehend und eifersüchtig bewacht von einem alternden Kavalier, der in seinem Smoking schwitzte. Ich hatte keine Zeit, darüber nachzudenken, ob all diese Leute von draußen zu unserer Gruppe gestoßen waren oder ob sie in diesem Restaurant – etwa in versteckten Nischen – gesessen hatten. Wie auch immer, sie waren da wie hergezaubert – sie füllten, übervölkerten die Szenerie gleich einem Chor, der die Bühne beim grandiosen Finale einer Oper stürmt. Aber die Laute, die sie von sich gaben, waren nicht gerade das, was man von einem gut eingespielten Opern-Ensemble erwartet. Die großartige und wohlbekannte Melodie der Marseillaise wurde auf eine höchst eigenwillige Art umschrieben, umgeformt und verzerrt. Einige Sänger improvisierten einen absurden englischen Text. Andere schrien und pfiffen bloß, während wieder andere die verschiedensten Lieder grölten – «God Bless America» oder «Old Man River» oder «God Save the King».

Es war eine unglaubliche Szene – ein Spektakel voller Trunkenheit, verrückter Freude und wilder Verbrüderung.

Männer und Frauen hakten einander unter; sie trampelten und schmetterten und schaukelten hin und her – aufgepeitscht und beflügelt in einer Art dionysischer Verzükkung. Einer der Soldaten küßte die russische Matrone, während ein englischer Seemann mit dem wundervollen Mädchen zu tanzen begann – sehr zum Ärger seines dicklichen Begleiters.

Catherine – eine unwiderstehliche Mänade – dirigierte und verzauberte die Menge. Sie war beängstigend schön, verklärt in einer wilden und aggressiven Trance. Ich betrachtete sie mit Entzücken und Besorgnis. Was für eine beunruhigende Göttin der Trunkenheit! – Die weiße Flamme ihres Gesichtes von dem schrägen Helm gekrönt; die linkische Grandezza ihrer Gesten; Glanz und Elend ihres mageren Körpers. Ihr Mund war weit geöffnet – ein schwarzes Loch in einer tragischen Maske.

«Le jour de gloire est arrivé ...»

Catherines Schrei – rauh und triumphierend – erhob sich über den chaotischen Lärm. Aber jetzt stockte ihre Stimme. Ich bemerkte mit schmerzlicher Überraschung, daß die schimmernde Blässe ihres Gesichtes noch durchsichtiger werden konnte. Sie schwankte: in wenigen Augenblicken würde sie fallen. Ich hatte das Gefühl, ich sollte sie stützen, sie beschützen, einen Arzt holen, die Polizei, irgend etwas tun …

Aber ich blieb bewegungslos und stumm – gelähmt vor Furcht und Mitleid und Bewunderung. Ich wollte nicht an ihren unaufhaltsamen Zusammenbruch denken – nicht jetzt! Nicht, solange dieser überwältigende Augenblick anhielt – der Moment des gemeinsamen Singens, der universalen Umarmung, der bacchantischen Kommunion. Noch weniger wollte ich ihre ekstatische und hinreißende Pantomime stören, das Glückselige ihres Lächelns, die schwingende Bewegung ihrer ausgebreiteten Arme – die Menge zugleich herausfordernd und segnend; die Menge, die sie für einen flüchtigen und doch wunderbaren Augenblick beherrschte und vereinte.

50 JAHRE ROWOHLT ROTATIONS ROMANE

50 Taschenbücher im Jubiläumsformat
Einmalige Ausgabe

Paul Auster, *Schlagschatten*
Simone de Beauvoir, *Ein sanfter Tod*
Pinckney Benedict, *Der Tag, an dem ich Moon rausholte*
Tania Blixen, *Stürme*
Wolfgang Borchert, *Die Hundeblume*
Paul Bowles, *Die leichte Beute*
Richard Brautigan, *Wir brauchen mehr Gärten*
Rolf Dieter Brinkmann, *Guten Tag wie geht es so*
Harold Brodkey, *Eine nahezu klassische Story*
Albert Camus, *Der Abtrünnige*
Truman Capote, *Die Stimme aus der Wolke*
John Cheever, *Im Schatten der Ginflasche*
Roald Dahl, *Gelée Royale*
Friedrich Christian Delius, *Die Birnen von Ribbeck*
Irene Dische, *Mr. Lustgarten verliebt sich*
Deborah Eisenberg, *Wie es mit Chris war*
Carlos Fuentes, *Die Puppenprinzessin*
Elke Heidenreich, *Kleine Reise*
Ernest Hemingway, *Das kurze glückliche Leben des Francis Macomber*
James Herriot, *Tricky Woo*
Mascha Kaléko, *Großstadtliebe*
Elsa Sophia von Kamphoevener, *Ali, der Meisterdieb*
Jack Kerouac, *Allein auf einem Berggipfel*
William Kotzwinkle, *Brief an einen Schwan*

50 JAHRE ROWOHLT ROTATIONS ROMANE

Helmut Krausser, *Das Liebesleben des Giacomo Müller*
Kathy Lette, *Er kommt um sieben*
Malcolm Lowry, *Hotelzimmer in Chartres*
Klaus Mann, *April, nutzlos vertan*
Henry Miller, *Das kleine Buch der Freunde*
Lorrie Moore, *Zwei Männer*
Paul Morand, *Amouren*
Alberto Moravia, *Ist er nicht reizend?*
Milena Moser, *Der junge Mann von gegenüber*
Harry Mulisch, *Das Standbild und die Uhr*
Robert Musil, *Allerhand Fragliches*
Vladimir Nabokov, *Der Zauberer*
Anaïs Nin, *Pfauenfedern*
Beth Nugent, *Heuschrecken*
Dorothy Parker, *Eine starke Blondine*
Rosamunde Pilcher, *Der Brombeertag*
Edgar Allan Poe, *Die schwarze Katze*
Thomas Pynchon, *Unter dem Siegel*
Philip Roth, *Das Lied verrät nicht seinen Mann*
Peter Rühmkorf, *Die Last, die Lust und die List*
Jean-Paul Sartre, *Briefe an Simone de Beauvoir 1926–1935*
Isaac Bashevis Singer, Der seidene Kaftan
Italo Svevo, *Mein Müßiggang*
Kurt Tucholsky, *Die Unterwelt der Gefühle*
John Updike, *Museen und Musen*
Joy Williams, *Die blauen Männer*

Programmänderungen vorbehalten